CONTOS
EM VERSO

Artur Azevedo (1855-1908)

CONTOS EM VERSO

Artur Azevedo

Edição organizada por
FLÁVIO AGUIAR

wmf **martinsfontes**

SÃO PAULO 2009

*Copyright © 2009, Editora WMF Martins Fontes Ltda.,
São Paulo, para a presente edição.*

1ª edição *2009*

Acompanhamento editorial
Helena Guimarães Bittencourt
Preparação da edição
Luzia Aparecida dos Santos
Revisões gráficas
Ana Maria Alvares
Ivani Aparecida Martins Cazarim
Produção gráfica
Geraldo Alves
Paginação
Moacir Katsumi Matsusaki

Dados Internacionais de Catalogação na Publicação (CIP)
(Câmara Brasileira do Livro, SP, Brasil)

Azevedo, Artur, 1855-1908.
  Contos em verso / Artur Azevedo ; edição organizada por Flávio Aguiar. – São Paulo : Editora WMF Martins Fontes, 2009. – (Contistas e cronistas do Brasil)

  ISBN 978-85-7827-103-9

  1. Contos – Literatura brasileira I. Aguiar, Flávio. II. Título. III. Série.

09-01587   CDD-869.93

Índices para catálogo sistemático:
1. Contos : Literatura brasileira   869.93

Todos os direitos desta edição reservados à
Editora WMF Martins Fontes Ltda.
*Rua Conselheiro Ramalho, 330 01325-000 São Paulo SP Brasil
Tel. (11) 3241.3677 Fax (11) 3101.1042
e-mail: info@wmfmartinsfontes.com.br http://www.wmfmartinsfontes.com.br*

COLEÇÃO
"CONTISTAS E CRONISTAS DO BRASIL"

Vol. XIX – Artur Azevedo

Esta coleção tem por objetivo resgatar obras de autores representativos da crônica e do conto brasileiros, além de propor ao leitor obras-mestras desse gênero. Preparados e apresentados por respeitados especialistas em nossa literatura, os volumes que a constituem tomam sempre como base as melhores edições de cada obra.

Coordenador da coleção, Eduardo Brandão é tradutor de literatura e ciências humanas.

Flávio Aguiar, que preparou o presente volume, é pesquisador do programa de pós-graduação em Literatura Brasileira da Universidade de São Paulo, especialista em teatro e dramaturgia.

ÍNDICE

Introdução XI
Cronologia XXXVII
Nota sobre a presente edição XLI

Duas palavras do editor 3

CONTOS MARANHENSES

Um passeio de bonde 9
Lindas cenas 13
Não, senhor! 19
O chapéu 26
Banhos de mar 32
O sócio 39
A nuvem 43

CONTOS CARIOCAS

Juvenal 53

Vagabundo	57
Sem botas	62
O fantasma branco	69
Nhô-nhô!	76
Por um fio!	80
Desejo de ser mãe	85
Bem feito!	95
Não sei	102
Rogério Brito	109
Improbus amor...	117
Mortos e vivos	120
Fabrício	127
As vizinhas	137
Os dentes do Brás	143

CONTOS BRASILEIROS

Sóror Marta	151
Uma valsa	156
O doutor Caneja	165
As festas	171
A escrava	176
Um médico da roça	186
O copo	192
Confidências	198
O marido, a mulher e o outro	209
A toalha de crivo	214
Dona Engrácia	224
A mais feia	229

O novo e o velho	235
Escola dos velhos	240
O Sá	243
A prova	250

INTRODUÇÃO

RISO E AMARGOR: OS CONTOS EM VERSO DE ARTUR AZEVEDO

Nem sempre a linha reta define a trajetória mais curta entre dois pontos. Enquanto na Europa os físicos Albert Einstein e Max Planck definiam os alicerces que relativizariam aquele postulado da geometria euclidiana, o dramaturgo, jornalista, contista e poeta maranhense Artur Azevedo fazia o mesmo considerando a vida moral, estética, cultural e econômica dos cidadãos brasileiros na passagem do século XIX para o XX, do Segundo Império para a Primeira República, ou Velha, que de fato ela assim nasceu.

Muito mais se relativizava no mundo, não só a certeza de que nós, da espécie humana, pisávamos um chão firme sob um céu de estrelas, atravessados ambos por um tempo que só marchava a passo firme do passado para o futuro.

O doutor Sigmund Freud também relativizava as certezas da sociedade de espírito burguês e vitoriano em que nascera, descerrando, com seus colegas e discípulos, os véus que ocultavam os desejos reprimidos, os sonhos transfigurados, os pesadelos por vezes ardentemente desejados nos porões da alma humana.

Numa outra ponta do espaço social e cultural daquele tempo, revolucionários como Vladimir Ilitch Lênin e Leon Trotsky, inspirados pelo pensamento de Marx e Engels, tornavam-se lideranças que abalariam as certezas da mesma sociedade burguesa mais adiante, rasgando os véus que ocultavam o mundo denso dos oprimidos pelas botas dos exércitos a serviço das engrenagens econômicas que os exploravam.

Novos pintores, escultores, diretores de teatro (personagens até então desconhecidos dos palcos, que só tinham conhecido ensaiadores e marcadores), cenógrafos, poetas, contistas e romancistas pulverizavam os pontos de vista sobre o palco. Falavam de uma perspectiva artística múltipla, que de um ponto de vista único não daria mais conta do que se ia desvelando sobre até então insondáveis aspectos da alma e da linguagem humanas. O cinema punha em movimento a fotografia; esta, por sua vez, ocupava espaços dantes reservados à pintura. Num movimento de encontro desses novos tempos com a também novel realidade brasileira, em 1891 o fotógrafo francês Paul Nadar (sem dúvida o fotógrafo de maior prestígio no século XIX) fotografava o corpo do imperador D. Pedro II, morto em Paris depois de quase dois anos de exílio. Enquanto isso, nosso ex-imperador era saudado pelo mundo afora, até pelo então moderníssimo *New York Times*, como o "mais ilustrado" de todos os monarcas que aquele tempo conhecera.

Num diapasão mais modesto, sem nenhum ímpeto revolucionário nem nas artes nem nos costumes e muito menos na política, o dramaturgo maranhense participava, no Rio de Janeiro, que a trancos e barrancos se modernizava como uma "capital nos trópicos", desse movimento que tudo punha em questão, e que desembocaria na catástrofe da Primeira Guerra Mundial, que a tudo – impérios, certezas, *belle époque* – levou de roldão, sendo também a primeira vez que o Brasil (e uma nação sul-americana) meteu-se, ainda que à distância, numa guerra disputada, sobretudo, na Europa[1].

De espírito bonachão, ainda que arguto, menos cáustico do que seu irmão mais jovem Aluísio, que, além de se tornar romancista de renome, acompanhou-o nas aventuras teatrais, Artur via as transformações por que passava a socie-

---

1. Em 1917 o Brasil declarou guerra à Alemanha. As simpatias pela França, no nosso país, eram generalizadas, muito mais fortes do que as germânicas. Na Segunda Guerra o Brasil declarou guerra ao Eixo (Alemanha, Itália, Japão) e desta vez enviou um contingente para lutar na Europa.

dade do tempo (sobretudo a fluminense, para onde viera em 1873) com o olho cético de quem não acreditava muito nem na profundidade nem na sinceridade daquela *féerie* toda. A julgar por seus escritos, para ele aquela excitação de mudanças (Lei Áurea, República, modernização da Capital Federal sob a batuta de Pereira Passos) em verdade parecia mais uma farsa teatral ensaiada ora com gáudio, ora com tristeza, ora com bom, ora com mau gosto. Mas não muito mais que isso, apontando para que, se a paisagem mudava muito, pouco se alteravam os corações, as mentes e as relações humanas no Brasil cordial em que o que contava era a política do favor, do clientelismo, das chicanas de ocasião, a cujo padrão autoritário, patrício e patriarcal as almas tinham de se adaptar.

Tivera experiência algo amarga nessa direção. Crescera numa família que desafiara os preconceitos do tempo. O pai era David Gonçalves de Azevedo, vice-cônsul de Portugal na cidade. A mãe, Emília Amália Pinto de Magalhães, era separada de seu primeiro marido, que vivia no Rio de Janeiro, onde veio a morrer alguns anos depois. Só então casou-se ela com David de Azevedo, em segundas núpcias, já tendo então, além de Artur, mais dois meninos e duas meninas. O irmão mais novo de Artur, o futuro romancista Aluísio Tancredo Gonçalves de Azevedo, nasceu em 1857. Como aquele, também enfrentaria preconceitos na capital maranhense, levando estes a se afastar definitivamente dela duas décadas e meia mais tarde.

O jovem Artur logo revelou dotes literários e ânimo pessoal independente. Além de fazer adaptações para o teatro, por volta dos 15 anos teria escrito a comédia "Amor por anexins", tornada pública em 1872, revelando uma vocação para a dramaturgia e a cena que seria a grande marca de sua vida artística. Por esse tempo, depois de trabalhar no comércio, conseguiu nomeação para um emprego público como amanuense. Veio a perdê-lo, no entanto, depois de satirizar, em poemas e outros escritos, alguns figurões da cidade. Em 1873 seguiu para o Rio de Janeiro, de onde não mais se afastaria.

A seu chamado, seu irmão Aluísio seguiu-lhe os passos, e na então Corte começou a trabalhar fazendo caricaturas para jornais, nas páginas políticas. Mais tarde, ensaiou a volta à terra natal, quando da morte do pai. Não teve sucesso. Em 1881, publicou o romance *O mulato*, considerado, com *Memórias póstumas de Brás Cubas* e *O alienista*, de Machado de Assis, um dos marcos da afirmação da nova sensibilidade realista e naturalista que fazia declinar o romantismo nessa altura já temporão por encanecido. Se o romance lhe valeu o reconhecimento imediato da crítica, trouxe-lhe o dissabor de ver se levantarem contra ele preconceitos da elite de São Luís.

Muitos de seus membros sentiram-se insultados com a denúncia contra o preconceito racial que o romance traz, diz-se que em parte inspirado no caso verdadeiro do poeta conterrâneo Gonçalves Dias, que teve casamento barrado por ser mestiço, como o protagonista da ficção, Raimundo, que termina assassinado. Em consequência do confronto, Aluísio mudou-se de vez para o Rio de Janeiro, onde fez carreira como romancista e colaborou, por diversas vezes, com a obra teatral do irmão, nesta altura já um reconhecido dramaturgo da Corte, sobretudo depois da adaptação da peça francesa "La fille de Mme. Angot", "A filha de Maria Angu", levada à cena em 1876.

Quando Artur Azevedo nasceu, em 1855, José de Alencar despontava como jornalista na Corte. No ano em que ele completava dois, o mesmo Alencar publicava no *Diário do Rio de Janeiro*, em folhetins, o romance *O guarani*, sua primeira consagração literária. Também dava à cena a comédia "O demônio familiar", em que, a seu modo conservador, abordava o drama e as vicissitudes da escravidão brasileira, e que marcava a busca de renovação teatral, de forma que sucedesse os dramas românticos com a cena mais sóbria do chamado teatro realista, inspirado em Dumas Filho ("A dama das camélias" fora representada no Rio de Janeiro em 1856).

Nessa década (1850-1860) a Corte brasileira começou a dar sinais de alguns primeiros ensaios de "modernização". A partir de 1850 o comércio ultramarino de escravos foi realmente coibido, passando para a categoria do contrabando. Este, se floresceu por algum tempo, definhou com o seu passar. Os capitais liberados do tráfico, que ocupava muito dinheiro, passaram a buscar outros investimentos e fontes de lucro. Houve um esboço de progresso capitalista na Corte e em outras cidades brasileiras. Uma incipiente "classe média", ainda muito rarefeita, começou a despontar nos teatros, no jornalismo, nas reivindicações. A principal força de trabalho era a escravaria.

Mas na Corte até greve houve! Em 1858 os tipógrafos, que se viam como uma espécie de aristocracia da mão-de-obra (pois eram mais letrados e lidos do que a própria classe dominante, em geral), declararam-se insatisfeitos com a "carestia", com a alta dos preços dos aluguéis no Rio de Janeiro, e se declararam em greve por 1$000 a mais na féria do dia. Isso era muito dinheiro. Para se ter uma ideia, 25 anos mais tarde um quilo de batata custava 300 réis e o de feijão, 250 (em compensação, um escravo ou uma escrava jovem custava 700 mil-réis, à vista!). Ou seja, com aqueles mil-réis a mais no dia, os tipógrafos poderiam dobrar a alimentação da família, no mínimo, e isso numa época em que não havia previdência social nem de saúde sequer em conceito, quanto mais no papel e ainda menos na vida cotidiana.

Entretanto nada mudou muito. O tráfico ultramarino substituiu-se pela imigração interna de escravos, do Norte para o Sul, do engenho de açúcar e da plantação de algodão para a fazenda de café. O decênio de 1855 a 1865, em que pesem as crises políticas, foi de grande estabilidade para o Império. Nem os fuxicos e as futricas sobre a proximidade do imperador com a condessa de Barral, tutora de suas filhas, abalaram a relativa pasmaceira daquela Corte a um tempo rarefeita e engalanada, cosmopolita e provinciana.

Quando aos 18 anos o jovem e promissor Artur chegou ao Rio, que diferença! A Guerra do Paraguai terminara há três anos. O clima político se reacendera a ponto de tornar-se incendiário. Em 1868 jovens de uma nova geração promoveram o que chamavam de "Conferências Radicais" no Rio de Janeiro, em São Paulo e no Recife. Fundaram o Clube Radical, que em 1870 transformou-se abertamente em "Clube Republicano". Voltaram à baila, de mãos dadas, o questionamento do regime monárquico e a abolição, progressiva ou imediata, da escravidão. Enquanto Artur Azevedo desembarcava no Rio de Janeiro, na cidade de Itu, no interior de São Paulo, reuniam-se fazendeiros do café e bacharéis para lançar as bases de uma proposta republicana e federativa para o Brasil. O movimento era timorato no que tocava à escravidão, mas mostrava que o descontentamento político grassava mesmo entre a classe dominante. Os militares agitavam-se, conscientes de seu novo papel político depois da guerra que, da parte do Brasil, mobilizou mais de 100 mil homens. Os jornais, em particular na Corte, fervilhavam. Os teatros também, levados pela moda francesa do cancã, da música e da dança, às vezes tachada de licenciosa e deformadora do gosto, mas aceita com entusiasmo pelas plateias.

Foi nesse meio agitado, que marcou o fim do Império e a passagem para a República oligárquica, que o jovem dramaturgo viveu sua maturidade pessoal e intelectual. Na verdade, veio, viu, viveu e venceu. Imperou sobre ela. Tornou-se o homem de teatro mais requestado da Corte, entre os anos de 1876, data de seu primeiro grande sucesso, e de 1904, quando foi ao palco sua comédia musicada "O mambembe", uma "suma teleológica" de sua visão sobre os dramas, percalços e glórias do teatro nacional. A comédia, protagonizada por um grupo teatral que percorre o interior do Brasil (na verdade, Minas Gerais), terminava com uma apoteose (cena final feérica e festiva, em geral homenageando um feito, uma personalidade de projeção, ou uma causa) em que se via o projeto iluminado do novo Teatro Municipal do Rio de Janeiro, de cuja construção foi paladino, e que seria inaugurado poucos anos mais tarde, mas depois de sua morte. Seguiu-se uma rápida decadência, mas sem que isso empanasse sua fama e seu prestígio. O gênero de mais sucesso a que Artur Azevedo se dedicara, com muitos parceiros, como seu irmão Aluísio e Moreira Sampaio, fora a revista de ano, uma peça brejeira, musicada, em que se passavam "em revista" os acontecimentos do ano que findara. Dentre as mais famosas, contaram-se "O Rio de Janeiro" (1878), "O mandarim" (1884), "Cocota" (1885), ambas em parceria com Moreira Sampaio, "O bilontra" (1886), ainda com Moreira Sampaio, "A República" (1890), com Aluísio Azevedo, "O tribofe" (1892), que depois se transformaria na comédia de excepcional sucesso "A Capital Federal" (1897), "O jagunço" (1898), sobre a Guerra de Canudos. Entretanto, em 1907, um ano antes de sua morte, não conseguiu levar à cena sua projetada revista "O dote". Esta ficou no papel, publicada para leitura. No ano seguinte, em 22 de outubro de 1908, falecia Artur Azevedo, pranteado, louvado em todos os cantos do Rio de Janeiro e do Brasil como o maior "homem de teatro" desse apagar de luzes do Império, do século XIX, e do acender das luzes ribalteiras do XX, em que novos dramas iriam ocupar os palcos brasileiros.

Mas a vida não lhe fora fácil. Como o irmão Aluísio, Artur vivera de sua pena. Fora um escritor profissional. Foi professor e tivera, é certo, alguns empregos públicos. Trabalhara na Secretaria da Agricultura e bem mais adiante na Secretaria da Viação, onde um de seus superiores na ordem hierárquica era Machado de Assis, de quem foi amigo, e que o precederia em um mês na morte. Mas vivera incansavelmente do que produzira para o teatro, como teatro de revista, peças musicadas (as chamadas bambochatas, as burletas, as paródias), comédias de costumes, dramas. Mas também sobrevivera à custa de sua enorme produção de contos, crônicas, folhetins e artigos para jornais.

Tinha uma enorme coleção de pseudônimos, como era costume na época: Elói, o Herói; Petrônio; Cósimo; Juvenal; Passos Nogueira; Dorante; Frivolino; Gavroche (tomado de empréstimo do pequeno herói das barricadas de *Os miseráveis*, de Victor Hugo). Deixou de herança pelo menos 25 comédias dos mais variados tipos, 19 revistas de ano, 20 operetas e burletas e cerca de 40 adaptações ou traduções, além de 4 mil artigos e escritos em prosa, uma das produções mais alentadas e generosas das letras brasileiras. Alentadas pelo tamanho; generosas porque, mesmo que tivesse alguns desafetos e críticos, jamais os tratou com rancor, preferindo as respostas irônicas e bem humoradas, como quando se defendia da "acusação" de ter "deturpado" o gosto das plateias brasileiras, como a feita pelo crítico Cardoso da Mota. Em resumo, alegava ele, não fora o culpado; quando chegara aos palcos da Corte, as cousas já andavam assim. E arrematava:

... todas as vezes que tentei fazer teatro sério, em paga só recebi censuras, ápodos, injustiças e tudo isto a seco; ao passo que, enveredando pela bambochata, não me faltaram nunca elogios, festas, aplausos, proventos. Relevem-me citar esta última fórmula de glória, mas – que diabo! – ela é essencial para um pai de família que vive da sua pena.[2]

É no quadro dessa produção tão facunda e feérica quanto o teatro em que o dramaturgo viveu que se deve visualizar o modesto *Contos em verso*, junção de três coletâneas que o autor decidira reunir numa só. Encaminhara-a à Livraria Garnier para publicação, ainda em 1908. Como se lê na nota introdutória do editor, ela saiu postumamente, em 1909[3].

Da edição constam os "Contos maranhenses", "Contos cariocas" e "Contos brasileiros". O primeiro conto ("Um passeio de bonde") da primeira coletânea é apresentado como uma "Produção dos 17 anos", e vem datado de 1872. Esta

---

2. "Em defesa". Artigo publicado no jornal *O País*, Rio de Janeiro, 16/9/1904. Cf. FARIA, João Roberto, *Ideias teatrais – o século XIX no Brasil*. São Paulo: Perspectiva/Fapesp, 2001, p. 608. O artigo de Cardoso da Mota fora publicado em Belém do Pará. Cf. FARIA, op. cit., p. 606.

3. A Livraria Garnier fora fundada em 1844 na cidade do Rio de Janeiro, como extensão da casa homônima francesa. Seu criador foi Baptiste Louis Garnier (Paris ou Tourville, 4/3/1823; Rio de Janeiro, 1º/10/1893), que, deixando o empreendimento de seus irmãos mais velhos na França, fixou-se no Brasil com o propósito de criar uma casa editorial e de

reúne sete contos, ambientados em São Luís. "Contos cariocas", como diz o nome, tem como matéria quinze contos ambientados na então capital, que fora do Império e depois da República, e é de 1894. A última parte chama-se "Contos brasileiros", com dezesseis contos, ambientados variadamente pelo país, mas ressaltando, sobretudo, o contraste e o confronto, o encontro e o desencontro, do Brasil urbano com o Brasil mais rústico das províncias e/ou do interior. Assinale-se a novidade "moderna" da denominação "Contos cariocas", pois na maior parte do século XIX a cidade sede da Corte e depois Capital Federal ganhava o adjetivo de "fluminense".

Narrar em verso é tão antigo quanto a narração. Antigas epopeias, como as de Homero, ou a de Virgílio, estão em verso, bem como *Metamorfoses*, de Ovídio. A Bíblia, é bom lembrar, é

---

livros. Durante décadas ela foi uma das principais casas editoriais do Rio de Janeiro e do Brasil, publicando diversos autores brasileiros. Suas edições eram preparadas e impressas em Paris ou Londres, com a alegação de que eram melhores e, apesar do transporte marítimo, saíam mais baratas do que as aqui feitas. Baptiste mantinha em sua livraria uma mesa com doze cadeiras onde tomavam assento para debater temas culturais do momento escritores e intelectuais, sempre sob a liderança de Machado de Assis, que era o único a ter lugar cativo no conjunto. Quando morreu, em 1893, Baptiste Louis já tinha passado a livraria para o irmão Hyppolite, e o empreendimento passou a se chamar H. Garnier, Livreiro Editor, com sede em Paris e no Rio de Janeiro. A casa funcionou até 1934 no Brasil, e na França até o final do século XX.

escrita em "versículos". A viagem de Dante pelo outro mundo em verso está, assim como a de Vasco da Gama pelos oceanos e terras deste. Mas narrativas em verso de Artur Azevedo prendem-se a uma linhagem mais específica, aquela que descende tanto das narrativas atribuídas a Esopo, na antiguidade, quanto dos *fabliaux* medievais. Os *fabliaux* são narrativas surgidas no norte da França, entre os séculos XII e XIII. Narram fatos da vida cotidiana, de classes altas, remediadas ou baixas, e sua popularidade se liga ao desenvolvimento, nas cidades que vão se deixando tomar pelo estilo gótico, de uma "classe média" interessada em histórias atraentes, de fácil memorização (que o verso faculta), espelhando o universo em transformação, cheio de surpresas e relativização da moral e de verdades até então tidas como imutáveis. Nem sempre as histórias são "edificantes", no sentido de serem exemplos de moral, embora possam sê-lo pelo negativo, como a de "O menino de neve". Um certo viajante, ao voltar à sua terra natal depois de prolongada ausência, descobre que a mulher está com um filho novo. Ela conta-lhe que, certa vez, ao pensar nele, marido, engolira um floco de neve, e por isso engravidara. O marido engole a história, assim como a mulher dissera que engolira o floco, e cria esse "filho da neve" até ele tornar-se um rapazote. Daí vai com ele à Itália, onde o vende como escravo para mercadores do mar. Quando volta à sua cidade, a esposa o interroga sobre a ausência do rapaz. Ele explica-lhe que na Itália o sol fora muito quente, e que o rapaz, filho da neve, derretera... Esse espírito cáustico de sátira cruel, porém moral, estará presente, ainda que por vezes atenuado, em alguns contos de Artur Azevedo.

Os *fabliaux*, primeiro narrados oralmente e registrados em manuscrito, passaram à letra impressa mais tarde. Inspiraram direta ou indiretamente muitas produções, desde a obra também medieval *The Canterbury Tales*, de Geoffrey Chaucer, até uma obra que Azevedo certamente conheceu, *Fábulas e contos*, de Almeida Garrett, de 1853. Esta consta de fábulas, contos e poemas de inspiração vagamente neoclássica, a que não faltam irreverência, picardia e um toque de licenciosidade, como na história "O galego e o diabo", em que um aventureiro esperto impede que o demônio lhe penetre as entranhas (pode-se imaginar por onde...) assentando-se numa pia de água benta!

Os exemplos citados dos *fabliaux* e de Garrett nos lembram de uma característica dos contos em verso que deveria ser cara a Azevedo: o caráter recitativo, seja para lições familiares de moral, seja para divertimento entre adultos, que eles resguardam. A produção de Azevedo se dá em momento de grande expansão (para a época) do mercado editorial brasileiro. Surgem, por exemplo, as primeiras edições feitas com primor (muitas delas em verso), para um público infantil ou escolar, como *Os contos da Carochinha*, compilação (e também tradução, às vezes), de Figueiredo Pimentel, publicado em 1894. As *Fábulas de La Fontaine* tinham sido traduzidas e publicadas em 1886, e por essa época foram traduzidas e editadas *As mil e uma noites*, com prefácio de Machado de Assis. O alcance de obras como essa ia muito além do público letrado, pois eram publicadas para serem lidas em voz alta. Esse, certamente, devia ser o caso e o propósito desses *Contos em verso*, o que também aprazia Azevedo, mestre dos versos para serem ditos ou cantados nas ribaltas brasileiras, homem de teatro que era.

Às vezes o personagem sufoca o homem, como no caso de Sherlock Holmes com Conan Doyle, ou Tarzan com Edgar Rice Burroughs. No caso de Azevedo, ele mesmo sufocou-se, paradoxalmente. Ou seja, há um Azevedo cujo brilho em certas áreas ofuscou sua pertinência em outras. O teatro, a crônica leve, os contos humorísticos (e os há, neste *Contos em verso*) deram-lhe a fama imorredoura do bom humor, da verve bonachona, do tom brejeiro. Com ela, veio (e ficou...) a pecha de superficial, ligeiro, "fácil", quando não, como se viu acima, de vendido à bilheteria e dela vendedor.

De fato, ao se ler estes contos em verso, encontram-se sinais dessa leveza e brejeirice, sobretudo nos primeiros, os "maranhenses" da mocidade. Mas, à medida que o tempo passa, ao lado desse Azevedo brejeiro começa a, primeiro, se esgueirar a sombra de um outro Azevedo, mais amargo, até que o corpo deste "segundo perfil" tome conta da cena, até mesmo ofuscando a leveza que deixa à primeira e desavisada impressão. O humor e a ironia não desaparecem de todo nunca. Mas a sua permanência se tolda de um ricto e de um gesto de desalento, como a se conformar com uma natureza humana pouco afeita às mudanças, mas muito afeita aos disfarces, às chicanas, aos trambiques tão comuns da vida à brasileira, imersa naquela cordialidade em que favores se imiscuem nas linhas sempre borradas entre o espaço público e o interesse privado.

O primeiro conto do livro, "Um passeio de bonde", fala de cena leve, em que um trambolhão num bonde, observado e sentido pelo narrador, leva a um casamento entre a moça que tropeçara e um "janota" que a observava. Matéria leve, é verdade que algo insossa, contada com graça, é verdade. Mas esse tema do amor, casual, causal, descoberto, encoberto, traído, traidor, reencontrado, parodiado, esperto, negado, sufocado, exaurido e tudo o mais, nunca deixará, sob as mais variadas facetas, as páginas de *Contos em verso*.

Depois, contados em versos variados, vêm os contos sobre uma confissão amorosa forçada ("Lindas cenas"), o confronto do casamento por interesse com o por amor ("Não, senhor!"), com a vitória inevitável deste sobre o outro. Segue-se "O chapéu", interessante narrativa sobre como os namorados enganam o pai vigilante. Já com "Banhos de mar" adentra-se um universo um pouco mais complexo, um pouco mais denso e opaco, pois trata de um adultério afortunado. Com "O sócio" chega-se ao adúltero que termina enganado pelo mensageiro que leva recados à amante. "A nuvem", que encerra essa primeira parte da coletânea, tem narrativa mais complexa. Trata de uma jovem ex-escrava que é estritamente vigiada por três meias-irmãs (assim era a família brasileira) descritas como "feiosas". Com desenvoltura a narrativa leva o leitor ao mundo dos truques e dos enganos, e o final fica mais ou menos em aberto. A nuvem, cuja sombra noturna protege os amantes que trocam juras e algo mais, também se estende sobre as palavras, ocultando ao leitor o que haveria de se seguir. Esse recurso voltará num delicioso conto posterior, o último do livro e dos mais bem realizados ("A prova"), sob a forma de pudicas reticências que velam/desvelam a eventual desfaçatez da vida humana.

Em "Contos cariocas" a temática faceta do amor contrafeito e/ou realizado permanece. Mas a visada vai se ampliando para outros ângulos, como o do trabalho mal recompensado ("Juvenal") e o da companhia que faz um vira-lata a uma mulher sem filhos ("Vagabundo"). Neste conto ganha vulto a cidade, com seu "correr de ruas" e a sombra da terrífica "carrocinha" que apanhava cães vadios ou sem licença municipal, terror de muito cachorro e muita infância, sinal dos tempos "modernizantes". "Sem botas", o seguinte, enverada pela crueldade com que a vida trata os amantes ingênuos, enquanto "O fantasma branco" fala dos truques a que um amante extremado se vê forçado para vencer a resistência "realista" do pai, que quer um casamento abonado para a filha, e a desta, que é de natureza "romântica", pois só sonha com luares e empalidecerres...

"Nhô-nhô" se debruça sobre a curiosa exploração de um "dândi" pobre em relação às irmãs, que, em contrapartida, o adoram. Sobre os ciúmes desmedidos trata "Por um fio!", situado em ambiente bem urbano, pois tudo culmina com um longo fio de cabelo louro colhido na lapela do marido pela mulher vigilante, fio que lhe veio à roupa dentro dos apertos de um bonde. Mas o como e o desfecho deixemos para o prazer da descoberta.

Com "Desejo de ser mãe" mergulha-se mais fundo nos socavões da alma humana, e de seus desejos. Esse conto lembra, por outros caminhos, o "Singular ocorrência", de Machado de Assis, sobre a cortesã que abandona sua vida por um casamento amoroso, mas um dia "recai" na sua vida anterior. Por quê? Vá se saber... Mas aqui se encontra a mulher por cujo corpo desfilam os amantes, mas por quê? Vá se saber ao final do conto, caro leitor, cara leitora. Para resguardar-se das críticas moralistas, o autor acrescenta uma coda de descrédito à própria narrativa, o que só aumenta a desconfiança de que de fato algo houve de assemelhado, e que lhe chegou aos ouvidos ou à lembrança na hora de escrever.

Com "Bem feito!" caímos no famoso lugar-comum (mas contado com engenho e arte) do "me engana que eu gosto". E quem paga o pato é um zeloso funcionário aposentado que se mete a ser vigilante da moral alheia.

A pérola "Não sei" é desses contos que convidam à meditação sobre a linguagem humana, espelho insondável de almas mais insondáveis ainda. Certo homem, certa rua, uma passante que ele segue... A situação nos lembra o poema de Baudelaire sobre a passante que ele nunca mais verá quem sabe, de mistura com um clima que fica entre "A noite na taverna", de Álvares de Azevedo, com a suspeita de fantasma que ronda ruas da capital, e algum Dostoiévski, com a possibilidade de amor por uma desmemoriada. Mas nem estamos nas brumas românticas nem na russa plaga; estamos sim no Rio de Janeiro, e em lugar dos estertores dos dois outros estamos na companhia do irônico Azevedo. No entanto, o final, de aparência prosaica, convida a leitura a refletir sobre o jogo da vida e os papéis que nela se representa, sem sabê-lo.

Já "Rogério Brito" toca-nos pela busca da fama de um personagem anódino. Consegue-a, afinal, sendo reconhecido como escritor. Mas a que custo o leitor vai descobrir quando lá chegar. "*Improbus* amor..." fala da impossibilidade de se condicionar o afeto; ao contrário, por ele somos condicionados, e dos modos mais imponderáveis. O mesmo tema, mas de outro modo, inspira "Mortos e vivos", sobre a viuvez honrada que se desdobra em paixão e até em ciúmes *post mortem*. "Fabrício" traz à tona a gama de possibilidades e finuras que traz a vingança de uma mulher em seus alforjes. Disfarçada (ou combinada?) com piedade, ela faz-nos rir do enganador enganado, cuja desdita aos nossos olhos é maior (quando poderia ser menor) porque nem sabe do engano.

"As vizinhas" é conto cruel sobre os enganos do olhar e o tratamento das mulheres que não são bonitas. "Os dentes do Brás" fala dos males que vêm para bem. Em busca de aventura amorosa, o (des)ditoso Brás corrige defeito que lhe atazanava a vida, e se dá ares de vaidade renovada à custa de seu castigo exemplar. O que se vê nesses "Contos cariocas" é como a turbulência da nova vida urbana vai arrastando seus convivas às situações mais inusitadas, aquelas que sua moral feita tanto de cuidado ou desleixo, mas misturada com um certo ar de província, não previa. Essas situações novas exigem tanto dos personagens quanto do leitor um desdobramento que, se tudo relativiza, ensina. E ensina que a literatura (como diziam os irmãos Goncourt), assim como a vida, não é feita (apenas) de bons sentimentos.

"Contos brasileiros" amplia esse movimento de Azevedo em direção à complexidade da vida e à fragilidade das boas intenções morais. "Sóror Marta" é cruel, sobre a consideração do tempo perdido, da vida que não fora, e que por isso mesmo deixa cicatriz indelével que leva ao delírio e à morte em vida. A mesma chama da perda rediviva anima "Uma valsa", em que o namoro reencontrado leva ao delírio... mas não exatamente aquele que os amantes querem. Já "O doutor Caneja" conta de marido falastrão objeto de um sincero amor, que o protege até na cova. "As festas" lembra quão por linhas tortas o certeiro amor escreve, pois a esposa fiel termina devendo à amante do marido tolo muito mais do que pode imaginar.

"A escrava" é pungente. É um julgamento severo e doloroso sobre a história brasileira. Filha de escrava e feitor, depois de ser o objeto do desejo do marido de "sinhazinha", e de ser separada do filho, além de entregue ao chicote, ela ganha a liberdade da Lei Áurea. A liberdade... e o olho da rua: "Áurea lei da liberdade,/Bendigo a piedade tua;/Mas é triste, muito triste/Ver-me doente e seminua,/Pelos moleques vaiada,/Pedindo esmolas na rua!"

Além de servir à nossa história, que o conto sirva também a outra lição: a de nunca se dizer que Azevedo era só pândego, e que com os problemas sociais não se media a fundo.

As lições da vida são o tema de "Um médico da roça", história de um moço estroina que se regenera, vive austera vida na roça, e depois vem para a cidade grande passar um tempo, mas encontra sua antiga amada... com amparo em alheio braço. "O copo" tem por cena a noite de São João, e por mote aquelas artes que se fazem com copos, águas, serenos e velas para descobrir-se o nome do amado fiel. Como há dois pretendentes à mesma mão, o santo terá muito trabalho para deslindar o caso. Mas contará com inesperada ajuda.

"Confidências" é conto faceto e de final esperado; ainda assim, revela o bom dialogista que vinha do teatro bem armado, para tratar do caso de duas mulheres que amam como paralelas que terminam se encontrando no infinito.

"O marido, a mulher e o outro" é curioso poema sobre... quem são, afinal, o marido e o outro, pois ora um é um, ora é o outro, e ora o outro é o outro, que se descobre um que quer afinal a felicidade do outro... Para sair dessa confusão, só mesmo o olhar divertido, e sem pruridos, do contista que já vê a vida com paciente desilusão, estado de espírito que muitas vezes ilumina o que de melhor há na literatura brasileira. "A toalha de crivo" é de finura tal que é capaz de até mesmo nos céus benzer-se o engano do mundo inteiro que ele narra em saborosa redondilha maior. "Dona Engrácia" e "A mais feia" se apoiam também nos misteriosos misteres da Providência, que por vezes possibilitam que os (no caso as) desprezados vinguem-se de quem os (as) despreza, sempre através das negaças ou encontros do amor.

"O novo e o velho" aceita com prazer algo desabusado as justificativas do adultério, passado o seu fervor, e porque nem tudo na vida é castigo e reprimenda para quem peca. "Escola dos velhos" faz uma curiosa vênia à generosidade humana, quando o traído marido se torna benfazejo padrinho. E "O Sá" deixa sua marca ao focar o marido que traiu a si mesmo, amasiando-se com a própria mulher. Mas é apenas prelúdio faceto ao saboroso e solene "A prova". Sobre este nada direi no presente ensaio. Já o mencionei antes, e deixo à leitora, ao leitor, nessa ordem, o prazer de descobrir por que o descrevo com tais adjetivos.

Quanto à versificação, há de tudo um pouco nessas narrativas. Versos longos e curtos, brancos e rimados, métricas misturadas, estrofes pequenas e grandes. O que neles se ressalta é a qualidade do homem de teatro que era Azevedo. Há prazer em lê-los em voz alta, e vez por outra, asseguro, descobrimos trechos que inadvertidamente nos ficam na memória, menos pela facilidade da dicção, que é sua marca, e mais pelo feliz encontro desta com o inusitado de muita situação descrita sem melindre nem falso pudor.

Chegamos assim ao fim desses *Contos em verso* e deste ensaio. Decididamente, não percorreu ele (o ensaio) a linha reta para aqui chegar. Divagou-se sobre a Europa, o átomo e a psicanálise; o palco e a rua; o jornal e o livro; o Império e a República; a cidade e a roça; a escravidão e a Lei Áurea. Tudo assim meio de mistura, como era o modo com que nosso autor, em seus versos ou em sua prosa, via a vida ao seu redor, sempre com riso e amargor, como está nas máscaras que engalanam o teatro.

FLÁVIO AGUIAR

CRONOLOGIA

1855. Nasce, em 7 de julho, Artur Nabantino Gonçalves de Azevedo, filho de David Gonçalves de Azevedo e de Emília Amália Pinto de Magalhães, em São Luís do Maranhão.

1857. Em 14 de abril nasce seu irmão Aluísio Tancredo Gonçalves de Azevedo, que se tornaria romancista renomado e o acompanharia no teatro.

1865. Começa a Guerra do Paraguai.

1870. Fim da guerra, com a morte de Solano López.

1871. Publica o livro de poemas *Carapuças*.

1873. Muda-se para o Rio de Janeiro. Fazendeiros e bacharéis paulistas lançam, em Itu, um projeto para a República no Brasil.

1876. Estreia no teatro seu primeiro grande sucesso, "A filha de Maria Angu", adaptação da peça francesa "La fille de Mme. Angot". Estreia de "Horas de humor". Seu irmão Aluísio vem residir no Rio de Janeiro pela primeira vez. Publica *Sonetos*, livro de poemas.

1877. Estreia a comédia "A pele do lobo", escrita em 1875.

1878. Estreia de "O Rio de Janeiro em 1877", seu primeiro ensaio em matéria de revista de ano. Com a morte do pai, seu irmão Aluísio volta a residir em São Luís.

1881. Aluísio publica o romance *O mulato*, e em consequência do escândalo provocado em São Luís muda-se de vez para o Rio de Janeiro. Estreia de "O Liberato", tragicomédia abolicionista, dedicada a Joaquim Nabuco. No Rio de Janeiro, Machado de Assis publica *Memórias póstumas de Brás Cubas*.

1882. Estreia da comédia "A casa de orates", em colaboração com o irmão Aluísio.

1884. Estreia de "O escravocrata", peça abolicionista em parceria com Urbano Morais, e de "O mandarim", revista de ano em parceria com Moreira Sampaio.

1885. Estreia de "Cocota", revista de ano em parceria com Moreira Sampaio. A atriz Eleonora Duse atua no Rio de Janeiro.

1886. Estreia de "O bilontra", revista de ano. A atriz Sarah Bernhardt atua no Rio de Janeiro.

1887. Estreia de "O homem", adaptação com Moreira Sampaio do romance homônimo de seu irmão Aluísio. Estreia a revista (sobre 1886) "O carioca", em colaboração com Moreira Sampaio.

1888. Estreia de "A almanjarra" e de "O dote". Proclamação da Lei Áurea, abolindo a escravidão no Brasil.

1889. Estreia de "Dona Sebastiana", com Moreira Sampaio. Publica *Contos possíveis*, volume dedicado a Machado de Assis. Proclamação da República. Estreia de "Fritzmac", em parceria com Aluísio, comédia de grande sucesso, com 49 récitas e posterior excursão a São Paulo.

1890. Estreia da revista de ano (sobre 1889) "A República", em parceria com Aluísio.

1892. Estreia "O tribofe", uma das revistas de ano de maior sucesso.

1894. Publica *Contos fora de moda* e *Contos cariocas*, em verso.

1895. Estreia de "O major", revista de ano sobre 1894. O irmão Aluísio é nomeado vice-cônsul em Vigo, na Espanha, depois de prestar concurso para a carreira diplomática. Apesar de eleito para a Academia Brasileira de Letras dois anos depois, abandona a literatura e o teatro.

1896. Participa da fundação da Academia Brasileira de Letras, cujo primeiro presidente é Machado de Assis.

1897. Publicação de *Contos efêmeros*. Estreia de "A Capital Federal", um dos maiores sucessos de Artur Azevedo, adaptação de sua própria revista "O tribofe".

1898. Estreia de "O badejo", comédia de costumes, e da revista de ano "O jagunço", sobre a guerra de Canudos.

1899. Estreia de "Gavroche".

1901. Estreia de "Uma consulta", comédia.

1902. Estreia de "Comeu!".

1904. Estreia de "A fonte Castália" e de "O mambembe". Escreve a comédia "As sobrecasacas".

1906. Estreia de "Guanabarina", revista de ano sobre 1905, em colaboração com Gastão Bousquet.

1907. Estreia de "O dote", de "O oráculo" e de "Entre a missa e o almoço", comédias.

1908. Entrega à Livraria Garnier o livro *Contos em verso* para publicação, o que acontece só em 1909. Em 29 de setembro, morre Machado de Assis. Em 22 de outubro, morre Artur Azevedo, aos 53 anos de idade.

NOTA SOBRE A PRESENTE EDIÇÃO

Serviu-nos de base a primeira edição de *Contos em verso*, de 1909, por H. Garnier, Livreiro-Editor. A ortografia foi atualizada, mas respeitamos algumas características do autor, como a do uso eventual do travessão para marcar falas pelo começo e pelo fim, e a escolha por grafias estrangeiras, no uso do tempo, como "toilette" em vez de "toalete", já que até os significados são diferentes. O mesmo procedimento se adotou para o prefácio do editor.

Evidentes gralhas de impressão foram corrigidas. Também quando a necessidade da métrica se impunha, respeitamos as escolhas do autor, como em grafar "frac" em vez de "fraque", que seria a escolha atual.

CONTOS
EM VERSO

DUAS PALAVRAS DO EDITOR

Mal pensávamos que, aceitando os originais dos *Contos em verso* do glorioso homem de letras que desapareceu dentre nós a 22 de outubro de 1908, com grande mágoa e enorme tristeza de todos os intelectuais, que o queriam e prezavam, seriam os últimos da sua pena brilhante, querida e invejada. Longe estávamos que tamanha desgraça viesse enlutar as letras brasileiras que tinham em Artur Azevedo um dos seus mais eminentes vultos, um dos seus mais populares cultores.

O nome querido do escritor maranhense jamais será olvidado por nós, que sempre o prezamos com reverência e admiração, editando os seus trabalhos que o público inteligente aprecia e admira.

Nenhum escritor brasileiro gozou de maior popularidade que o extinto e os seus trabalhos hão de ser sempre lidos com prazer pelos vindouros, porque ele compreendeu a sociedade como um fino e delicado psicólogo.

Como escritor teatral, ninguém o excedeu: a sua bagagem é grande, variada, escolhida, invejável. O teatro brasileiro teve nele o seu mais ardoroso estrênuo defensor, e não fosse a sua morte tão brusca e repentina, Artur Azevedo triunfaria, seria um vitorioso na campanha que abriu em prol da arte dramática nacional. Foi um valoroso e foi um convencido.

A sua pena traçou os mais primorosos e delicados contos e nós tivemos a felicidade de editá-los, tirando edições duplas, cousa difícil e rara entre os livros escritos em língua portuguesa.

Escritor dramático, *conteur* e poeta, o saudoso morto deixou entre os intelectuais do Brasil um grande vácuo.

Do poeta, poucos meses antes da tremenda desgraça que feriu as letras brasileiras, a sua família e a seus amigos dedicados e admiradores, recebemos os primorosos originais que constituem o presente volume – uma preciosidade que põe em evidência o alto mérito do poeta simples, singelo, inspirado, espontâneo e cheio de verve.

Os contos que ora apareceram, foram publicados em jornais e revistas e outros são inéditos e é de esperar que o público, que tanto se deliciou quando os leu, dê o devido valor a esta obra que editamos, lamentando que o seu autor não possa receber os aplausos a que tinha direito.

A casa Garnier aproveita o ensejo que tem para, lamentando profundamente o lutuoso acontecimento que infelicitou as letras brasileiras, prestar à memória do ilustre autor do presente livro, a sua homenagem de profundo respeito e admiração ao seu grande talento.

Abril de 1909

CONTOS
MARANHENSES

UM PASSEIO DE BONDE
(Produção dos 17 anos)

– Psiu! Para onde
Segue este bonde? –
O cocheiro interrogado
– Para a Estação – me responde;
A tabuleta não vê? –
 – Muito obrigado.
 – Não há de quê.

Era um bonde fechado.

Sentei-me, carrancudo,
Pensando em nada ou em tudo,
Que tudo ou nada vem a dar no mesmo,
 E eu penso em tudo e em nada
Todas as vezes que passeio a esmo,
Por dar alívio à mente atribulada.

O bonde parte. Eu estava só. Ninguém
　　　Me fazia
　　　Companhia.
　　　Porém
　　　Alguém
　　　Lá vem:
Uma moça e uma velha entram no carro,
　　E eu, por ser cavalheiro,
Renuncio a fumar o meu cigarro inteiro,
　E deito fora a ponta do cigarro.

A moça não é feia nem bonita.
Modesta no trajar, traz um vestido
　　　De ramalhuda chita,
E um chapéu já muitíssimo batido.

　A velha é magra, é alta,
E parece que chora quando ri.
Os dentes lhe fizeram muita falta...
Uma velha mais feia nunca vi!

　Aquela hedionda cara
Muito pé de cabelo e muita ruga
　　　Me depara,
　Sem falar na verruga,
　　　Coisa rara,
　　　Que não sara,
　　　No nariz,
De pingos de tabaco chafariz.

Pente descomunal, de tartaruga,
Lhe adorna a cabeleira, que tresanda
   Ao tal sebo de Holanda.

   Enquanto a velha enxuga
O pingo eternamente pendurado,
A moça o verbo *namorar* conjuga
   Co'um janota caolho?
Que entrara há pouco e lhe piscara um olho,
O único olho que possui – coitado!

   Fica a velha de orelha
   Em pé, e logo enruga
   A branca sobrancelha,
E incha, como incha a negra sanguessuga
   Que o Zeferino aluga.

   A moça não se importa,
E dirige ao rapaz, leviana e franca,
Pecaminoso olhar de enchova morta,
   Que o enleva e transporta,
E suspiros estrídulos lhe arranca,

   Mas as damas chegaram
Ao seu destino. Ambas se levantaram.
   A moça faz um sinal
   Ao condutor, que repara,
   E, com o choque especial
Que produz sempre o bonde quando para,
   Cai a moça sobre a velha,

Que estava olhando de esguelha;
Cai a velha sobre o moço;
Cai o moço sobre mim!
    Que alvoroço!
    Que chinfrim!

Saíram todos três. Fiquei pisado,
E ansioso por saber se o resultado
    Daquela barafunda
Seria um casamento ou uma tunda.

Um casamento foi. Passado um mês,
Encontrei o caolho namorado
Na rua do Alecrim, de braço dado
À moça, e a tal velhota desta vez
    Tinha em casa ficado.

Maranhão, 1872.

LINDAS CENAS

É na varanda a cena, onde o trabalho
    Ocupa três morenas,
    Rosas do mesmo galho,
    A quem desponta apenas
    Um sol de primavera.

    Que lindo! Ai, quem me dera
Saber reproduzir tão lindas cenas:

A primeira uma saia finaliza,
    E a outra um cós pesponta,
E a terceira marcando uma camisa
Está, que já das mãos lhe saiu pronta.

    Na pobre meaçaba
(O canapé da mísera vivenda)
Das morenas a mãe ligeira acaba

Algumas varas de engenhosa renda.
Trabalho de encomenda.

A velha mão cansada
Dos bilros no vaivém parece nova,
Acompanhando a lânguida toada,
A invariável trova,
Entre dentes cantada.

De vez em quando cessa a cantilena,
E ao taquari sorvendo umas fumaças,
A velha mãe ordena
Mais ativo trabalho àquelas graças.

Meu Deus! Que linda cena!
E que pintor pintá-la poderia!

A primeira das três, toda alegria,
Tem a feição brejeira;
A segunda é não menos prazenteira
Mas que melancolia
Entenebrece o rosto da terceira!

A primeira, da mãe severa e dura
A distração aguarda,
Pois em baixo dos panos da costura
A *Moreninha*, de Macedo, guarda,
E, em rápido relance,
Fundo e furtivo olhar manda ao romance.

A segunda parece mais sensata:
As vistas em redor jamais espaça,
   Mas a mana maltrata.
Um beliscão que é dado em ar de graça.

Se a felicidade só no rir consiste
Que são felizes todas três diviso;
Mas a terceira ri de um rir tão triste...
As lágrimas prefiro àquele riso,

   Em vão simula calma...
Deixa dos dedos lhe cair a agulha.
   Aquela cândida alma
   Acaso se mergulha
   Nalguma dor sincera?

   Que lindo! Ai, quem me dera
Saber reproduzir tão linda cena!

   A velha está serena.
– Que tens, sinhá, que tens? Te desconheço!
   Tu bem sabes, pequena:
Quando eu te vejo triste, me entristeço! –

Disfarça a moça a comoção, o enleio,
Partindo a linha co'os formosos dentes,
   Mas desfolha no seio
Um rosário de lágrimas ardentes.

   Desse modo acusada,
   Ergue-se envergonhada,

E no colo materno, abrigo santo,
Tenta esconder o resto do seu pranto.

As outras duas moreninhas belas,
Erguidas logo, serenar procuram
A dolorida irmã, bem sabem elas
Que são artes de amor que assim misturam
    As lágrimas aos risos
Tristes, amargurados, indecisos:
Mas não sabem da missa nem metade...
    Com que meiga piedade
    Em beijos degenera
    Aquela doce pena!

    Que lindo! Ai, quem me dera
Saber reproduzir tão linda cena!

A porta da varanda se escancara
    E no lumiar a cara
    De um velho se apresenta.
Carregando garboso os seus sessenta.
Dá-lhe um solene, venerando aspeito,
A barba branca que lhe cobre o peito.

Não está só o ancião: traz ao seu lado
Um bonito rapaz, tipo de poeta,
    E vem acompanhado
Por um cão agitando a cauda inquieta.

    Dirigindo-se à velha
Que, surpreendida, franze a sobrancelha,

– Minha senhora, diz o velho, queira
Perdoar-me entrar aqui desta maneira,
Sem me fazer anunciar; urgente
Caso mo traz humilde e reverente:
    Este moço é meu filho;
Saiu-me, por desgraça, um peralvilho!
    De uma destas meninas
Alcançou entrevistas clandestinas.

E fugiu dela, calculando, injusto,
Que eu, que sou velho honrado, me oporia
Ao casamento. Só a muito custo
Me revelou essa patifaria,
Da qual me prevenira um bom amigo.
Senhora, aqui o tem, trouxe-o comigo,
E peço-lhe, para este bigorrilha,
Com o seu perdão, a mão de sua filha,
Se o julga digno de casar com ela.

    Nesta pálida tela
Não ponho, que o pincel me não ajuda,
    A longa cena muda,
Que se passou; da velha o grande espanto,
    E da culpada o pranto,
E a surpresa das manas, e o enleio
Do sedutor, parado ali, no meio
Da casa, cabisbaixo, e o pai sisudo,
De barbas brancas e figura austera,
E o cão curioso, farejando tudo,
Indiferente à sorte da pequena.

Que lindo! Ai, quem me dera
Saber reproduzir tão linda cena!

Quando a velha, passado o espanto imenso,
Lançou à moça um longo olhar magoado,
   Esta, mordendo o lenço,
   De lágrimas lavado,
– Mamãe, perdoa... murmurou apenas.

Ai, quem me dera, em verso aprimorado,
Saber reproduzir tão lindas cenas!

NÃO, SENHOR!

Santinha, filha de um negociante
Que passava por ter muito dinheiro,
Bebia os ares pelo mais chibante,
    Pelo mais prazenteiro
Dos rapagões daquele tempo, embora
O pai a destinasse a ser senhora
Do Souza, um seu colega, já maduro,
Que lhe asseguraria bom futuro.

O namorado (aí está o que o perdia!)
À classe comercial não pertencia:
Era empregado público; não tinha
Simpatia nem crédito na praça.

    Entretanto, Santinha
Nunca supôs que fosse uma desgraça,
    Um prenúncio funesto

A oposição paterna, e assim dizia:
– Ele gosta de mim, eu gosto dele...
   Que nos importa o resto?
Um para o outro a sorte nos impele:
Separar-nos só pode a cova fria!

   Ria-se o pai, dizendo:
   – Isso agora é poesia;
Mas deixem-na comigo: eu cá me entendo. –

   Depois do almoço, um dia,
Ele na sala se fechou co'a filha,
Para tirar-lhe aquele bigorrilha
   Da cabeça. A pequena,
   Impassível, serena,
   Lhe disse com franqueza
Que ninguém neste mundo apagaria
Aquela chama no seu peito acesa.
   – Isso agora é poesia –
   Repete o pai teimoso,
   E, sentando-a nos joelhos.
   Melífluo, carinhoso,
Abre a torneira aos paternais conselhos,
Aponta-lhe o futuro que a espera,
Conforme o noivo que escolher: de um lado,
   Com o pobre do empregado,
   A pobreza pudera! –
O desconforto, o desespero, a miséria!
   – Sim, a fome, menina!
Estas coisas chamemos pelo nome!

A fome –, fome atroz! Fome canina!...
E, do outro lado, com o negociante,
    Que futuro brilhante!
Não faltarás a um baile, irás ao teatro;
Visitarás o Rio de Janeiro;
Poderás percorrer o mundo inteiro,
    E ver o diabo a quatro! –
    Mas a firme Santinha
Não se deixava convencer: não tinha
Ambições, nem sonhava tal grandeza;
    Preferia a pobreza,
Ao lado de um marido a quem amasse,
A todo o Potosí com que a comprasse
    Outro qualquer marido.

    O velho, enfurecido,
Brada: – Isto agora já não é poesia.
    Mas grosso desaforo!
Se não acaba esse infeliz namoro,
    Vou deitar energia! –
– Então papai não acha coisa infame
Que eu me case com um tipo a quem não ame?
– Infame é namorares um velhaco
Sem dar ao pai o mínimo cavaco!
Ou casas-te com o Souza ou te afianço
    Que a maldição te lanço! –

Santinha, que era muito inteligente,
Continuava a série dos protestos;
Mas o irritado velho, intransigente,

Soltando gritos e fazendo gestos,
Nada mais quis ouvir naquele dia;
Mas na manhã seguinte foi chamá-la
Ao quarto (a pobre moça ainda dormia!)
E pela mão levou-a para a sala.

Ficou muito espantado
Ao ver que a filha, ao invés do que previra,
A noite houvesse muito bem pensado.
 Pareceu-lhe mentira
 Encontrar tão serena
 E tão tranquila a moça,
 Como se a grande cena
Da véspera lho não fizesse mossa.

– Então? Estás na tua? –
– Papai, de mim disponha:
Dê-me, alugue-me ou venda-me: sou sua.
Por tudo estou, solícita e risonha;
 Confesso, todavia,
Que por meu gosto, não serei esposa
 Do seu amigo Souza:
Mentir não posso! – Cala-te, pateta!
 Isso agora é poesia...
A fortuna, verás, será completa!

Aprontou-se depressa a papelada,
 E a casa mobiliada
Em quinze dias foi. Veio de França
Riquíssimo enxoval, conforme a usança,

O qual esteve exposto
E toda a gente achou de muito gosto.

Mostrava-se Santinha
A tudo indiferente, e o moço honrado,
Que o seu afeto conquistado tinha,
Também não se mostrou contrariado;
Era o mesmo que dantes: expansivo,
Discreto, espirituoso, alegre e vivo.

Chegou a noite, enfim, do casamento,
Que era na igreja do Recolhimento,
   Igrejinha modesta
Expressamente ornada para a festa
   Pelo Joaquim Sirgueiro,
Que foi naquelas artes o primeiro.
   O templo estava cheio
Quer de curiosos, quer de convidados.
   Que mistura! No meio
De graves figurões encasacados
E damas de vestidos decotados,
   Abrindo enormes leques —,
Negros sebentos, sórdidos moleques!

A noiva estava pálida e tremente,
   Mas linda. Realmente
Era pena que flor tão melindrosa
Fosse colhida por um brutamontes,
Que na vida outros vagos horizontes
   Não via além da Praça...

Na igreja se ouviria o som de uma asa
De inseto, quando o padre bem disposto
À noiva perguntou: – É por seu gosto
E por livre vontade que se casa?
Imaginem que escândalo! A menina,
Com voz firme, sonora, cristalina,
Respondeu: – Não, senhor! Um murmúrio
Corre por toda a igreja, e um calafrio
     Pelo corpo do Souza,
Que o turvo olhar do chão erguer não ousa!

A pergunta repete o sacerdote;
Logo o silêncio se restabelece.
Para que toda a gente escute e note:
     – Não-se-nhor! – Estremece
O velho, e tosse pra que se não ouça
     A resposta da moça.
– Não, senhor! Não, senhor! Mil vezes clamo:
     Por gosto não me caso,
Mas obrigada por meu pai; não amo
O senhor Souza, mas de amor me abraso
Por este! – E aponta para o namorado
Que pouco a pouco tinha se chegado.

Não é possível descrever o resto
     Depois desse protesto.
Falavam todos a um só tempo! A igreja
     Desabar parecia!
O padre corre para a sacristia...
A moça pede ao moço que a proteja...

– Isto agora é poesia!
Diz o atônito pai, querendo contê-la.
Todas as convidadas
Sufocam gargalhadas...
O noivo, maldizendo a sua estrela,
Sai para a rua: a sanha
Da torpe molecagem o acompanha,
E uma vaia o persegue,
Até que ele num carro entrar consegue.
Santinha está casada e bem casada;
O marido dispensa-lhe carinhos:
Vê sempre nela a mesma namorada.
Já tem uma ninhada
De filhos, e o avô – quem o diria?
Morre pelos netinhos,
E diz, quando a mirá-los se extasia:
– Isto agora é poesia! –

O CHAPÉU

O Ponciano, rapagão bonito,
Guarda-livros de muita habilidade,
Possuindo o invejável requisito
    De uma caligrafia
A mais bela, talvez, que na cidade
    E no comércio havia,
Empregou-se na casa importadora
De Praxedes, Couceiro & Companhia,
Casa de todo Maranhão credora,
Que, além de importadora, era importante,
    E, se quebrasse um dia,
Muitas outras consigo arrastaria.

Do comércio figura dominante,
Praxedes, sócio principal da casa,
Tinha uma filha muito interessante.
O guarda-livros arrastava-lhe a asa.

Começara o romance, o romancete
    Num dia em que fez anos
E os festejou Praxedes co'um banquete,
Num belo sítio do Caminho Grande,
Sob os frondosos galhos veteranos
Que secular mangueira inda hoje expande.

A mesa circular, sem cabeceira,
Rodeando o grosso tronco da mangueira,
Um belíssimo aspecto apresentava:
    Reluzindo lá estava
    O leitão infalível,
    Com o seu sorriso irônico,
    Expressivo, sardônico.
Sabeis de alguma coisa mais terrível
Do que o sorriso do leitão assado?
    E nos olhos, coitado!
Lhe havia o cozinheiro colocado
Duas rodelas de limão, pilhéria
Que sempre faz sorrir a gente séria.
Dois soberbos perus de forno; tortas
De camarão, e um grande e majestoso
Camorim branco, peixe delicioso,
Que abre ao glutão do paraíso as portas;
Tainhas ourichocas recheadas,
    Magníficas pescadas,
    E um presunto, um colosso,
Tendo enroladas a enfeitar-lhe o osso,
Tiras estreitas de papel dourado.
Compoteiras de doce, encomendado

A Calafate e a Papo Roto; frutas;
    Vinho em garrafas brutas.
Amêndoas, nozes, queijos, o diabo.
Que se me meto a descrever aquilo,
    Tão cedo não acabo!

O Ponciano fora convidado:
Quis o velho Praxedes distingui-lo.
    Fazia gosto vê-lo
Convenientemente engravatado,
De calças brancas e chapéu de pelo,
    E uma sobrecasaca
Que estivera fechada um ano inteiro
E espalhava em redor um vago cheiro
    De cânfora e alfavaca.

    Mal que o viu, Gabriela
(Gabriela a menina se chamava)
    Lançou-lhe uma olhadela
Que a mais larga promessa lhe levava...

Como que os olhos dele e os olhos dela
    Apenas esperavam
Encontrar-se; uma vez que se encontravam,
De modo tal os quatro se entendiam
Que, com tanto que ver, nada mais viam!

    Apesar dos perigos,
Por ninguém o namoro foi notado.
Pois que o demônio as coisas sempre arranja.

Praxedes, ocupado,
Fazia sala aos ávidos amigos;
A mulher de Praxedes, nas cozinhas,
Inspecionava monstruosa canja
Onde flutuavam cinco ou seis galinhas
   E um paio, um senhor paio –,
E os convivas, olhando de soslaio
Para a mesa abundante e os seus tesouros
Não tinham atenção para namoros.

Quando todos à mesa se assentaram,
   Ele e ela ficaram
Ao lado um do outro... por casualidade,
E durante três horas, pois três horas
Levou comendo toda aquela gente,
Entre as frases mais ternas e sonoras
Juraram pertencer-se mutuamente.

Quando na mesa havia só destroços,
Cascas, espinhas, ossos e caroços,
   E o café fumegante
   Circulou –, nesse instante,
Eram noivos Ponciano e Gabriela.

   – Como, perguntou ela,
Nos poderemos escrever? Não vejo
Que o possamos fazer, e o meu desejo
É ter notícias tuas diariamente.
Respondeu ele: – Muito facilmente:
Quando à casa teu pai volta à noitinha
Traz consigo o *Diário*, por fortuna;

Escreverei com letra miudinha,
    Na última coluna,
Alguma coisa que ninguém ler possa
Quando não esteja prevenido. – Bravo!
Que bela ideia e que ventura a nossa!
    Porém se esse conchavo
Serve para mo dar notícias tuas,
Não te dará, meu bem, notícias minhas. –
Mas não esteve com uma nem com duas
    O namorado, e disse:
– Temos um meio. – Qual? Não adivinhas?
Teu pai usa chapéu... – Sim... que tolice! –
– Ouve o resto e verás que a ideia é boa:
Um pedacinho de papel à-toa,
Tu meterás por baixo da carneira
Do chapéu de teu pai; dessa maneira
Me escreverás todos os dias... úteis.

    Oh, precauções inúteis!
    Durante um ano inteiro,
    O pai ludibriado
Serviu de inconsciente mensageiro
Aos amores da filha e do empregado
– Até que um dia (tudo é transitório,
Até mesmo os chapéus) o negociante
Entrou de chapéu novo no escritório.

Ponciano ficou febricitante!
Como saber qual era o chapeleiro
Em cujas mãos ficara o chapéu velho?
    Muito inquieto, o brejeiro

Ao espírito em vão pediu conselho;
    Dispunha-se, matreiro,
A sair pelas ruas, indagando
De chapeleiro em chapeleiro, quando
O chapeleiro apareceu!... Trazia
O papelinho que encontrado havia!
Atinara com tudo o impertinente
    E indignado dizia:
– Sou pai de filhas!... venho prontamente
Denunciar uma patifaria!
    O hipócrita queria
Mas era, bem se vê, cair em graça
    A um medalhão da praça.

O pai ficou furioso, e, francamente,
Não era o caso para menos; houve
Ralhos, ataques, maldições, *etcetera*;
    Mas, enfim, felizmente
    Ao céu bondoso aprouve
(O rapaz tinha tão bonita letra!)
Que não fosse a menina pro convento,
E a comédia acabasse em casamento.

    Ponciano hoje é sócio
    Do sogro, e faz negócio.
    Deu-lho uma filha o céu
    Que é muito sua amiga
    E está casa não casa;
Mas o ditoso pai não sai de casa
    (Aquilo é balda antiga)
Sem revistar o forro do chapéu.

BANHOS DE MAR

Manoel Antônio de Carvalho Santos,
Negociante dos mais acreditados,
    Tinha, em sessenta e tantos,
Uma casa de secos e molhados
Na rua do Trapiche. Toda a gente
    – Gente alta e gente baixa –
O respeitava. Merecidamente:
A sua firma era dinheiro em caixa.

    Rubicundo, roliço,
    Era já outoniço,
Pois há muito passara dos quarenta
E caminhava já para os cinquenta.
    O bom Manoel Antônio
    (Que assim era chamado),
Quando do amor o deus (Deus ou demônio,
Porque como um demônio os homens tenta,

Trazendo-os num cortado)
Fê-lo gostar deveras
De uma menina que contava apenas
Dezoito primaveras,
E na candura de anjo
Causava inveja às próprias açucenas.
Tinha a menina um namorado, é certo;
Porém o pai, um madeireiro esperto,
Que no outro viu muito melhor arranjo,
Tratou de convencê-la
De que, aceitando a mão que lhe estendia
Manoel Antônio, a moça trocaria
De um vaga-lume a luz por uma estrela.

Ela era boa, compassiva, terna,
E havia feito ao moço o juramento
De que a sua afeição seria eterna;
Porém dobrou-se à lógica paterna
Como uma planta se dobrara ao vento.

Sabia que seria
Tempo perdido protestar; sabia
Que, na opinião do pai, o casamento
Era um negócio e nada mais. Amava;
Sentia-se abrasada em chama viva;
Mas... tinha-se na conta de uma escrava,
Esperando, passiva,
Que um marido qualquer lhe fosse imposto;
Contra o seu coração, contra o seu gosto.

Calou-se. Que argumento
Podia a planta contrapor ao vento?

No dia em que a notícia
Do casamento se espalhou na praça,
A Praia-Grande inteira achou-lhe graça
E comentou-a com feroz malícia,
    E na porta da Alfândega,
    E no leilão do Basto
Outro caso não houve – era uma pândega!
Que às línguas fornecesse melhor pasto
Durante uma semana, ou uma quinzena,
    Pois em terra pequena
Nenhum assunto é facilmente gasto,
E raramente um escândalo se pilha.

Quando um dizia: – A noiva do pateta
Podia muito bem ser sua filha,
Logo outro exagerava: – Ou sua neta!

    O moço desdenhado,
Que na tesouraria era empregado,
    E metido a poeta,
Durante muito tempo andou de preto,
Co'a barba por fazer, muito abatido;
Mas, se a barba não fez, fez um soneto,
Em que chorava o seu amor perdido.

    Do barbeiro esquecido
Só foi à loja, e vestiu roupa clara,

Depois que a virgem que ele tanto amara
Saiu da igreja ao braço do marido.

Pois, meus senhores, o Manoel Antônio
Jamais se arrependeu do matrimônio;
    Mas, passados três anos,
Sentiu que alguma coisa lhe faltava:
    Não se realizava
    O melhor dos seus planos.

Sim, faltava-lhe um filho, uma criança,
Na qual pudesse reviver contente,
    E este sonho insistente,
    E essa firme esperança
    Fugiam lentamente,
À proporção que os dias e os trabalhos
Seus cabelos tornavam mais grisalhos.

    Recorreu à ciência:
Foi consultar um médico famoso,
    De muita experiência,
    E este, num tom bondoso,
    Lhe disse: – A medicina
Forçar não pode a natureza humana.
    Se o contrário imagina,
    Digo-lhe que se engana.

Manoel Antônio, logo entristecido,
Pôs os olhos no chão; mas, decorrido
    Um ligeiro intervalo,

O médico aduziu, para animá-lo:
– Todavia, Verrier, se não me engano,
　　Diz que os banhos salgados
　　Dão belos resultados...
　　Experimente o oceano! –

No mesmo dia o bom Manoel Antônio,
À vista de juízo tão idôneo,
　　Tinha casa alugada
　　Lá na Ponta d'Areia,
Praia de banhos muito frequentada,
　　Que está do porto à entrada
　　E o porto aformoseia.

　　Nessa praia, onde um forte
　　Do séc'lo dezessete
　　Tem tido vária sorte
　　E modo a ninguém mete;
　　Nessa praia, afamada
Pela revolta, logo sufocada,
　　De um Manoel Joaquim Gomes,
Nome olvidado, como tantos nomes;
Nessa praia que... (*Vide* o dicionário
Do Doutor César Marques) nessa praia,
Passou três meses o quinquagenário,
　　Com a esposa e uma aia.

　　Não sei se coincidência
Ou propósito foi: o namorado
Que não tivera um dia a preferência,

Maldade que tamanhos
Ais lhe arrancou do coração magoado,
Também se achava a banhos
Lá na Ponta d'Areia...

Creia, leitor, ou, se quiser, não creia:
Manoel Antônio nunca o viu; bem cedo,
Sem receio, sem medo
De deixar a senhora ali sozinha,
Para a cidade vinha
Num escaler que havia contratado,
E voltava à tardinha.

Tempos depois – marido afortunado!
Viu que a senhora estava de esperanças...

Ela teve, de fato,
Duas belas crianças,
E o bondoso doutor, estupefato,
Um ótimo presente,
Que o pagou larga e principescamente!

– Viva o banho de mar! ditoso banho!
Dizia, ardendo em júbilo, o marido.
– Eu pedia-lhe um filho, e dois apanho!
Doutor, meu bom doutor, agradecido!

Pouco tempo durou tanta ventura:
Fulminado por uma apoplexia,
Baixou Manoel Antônio à sepultura.

O desdenhado moço um belo dia
A viúva esposou, que lhe trazia
Amor, contos de réis e formosura.

    E no leilão do Basto
Diziam todos os desocupados
    Que nunca houve padrasto
Mais carinhoso para os enteados.

O SÓCIO

Frequentava o Liceu o Arnaldo, e havia feito
Exame de francês, inglês e geografia,
    Quando seu pai um dia,
    Pilhando-o bem a jeito,
Chamou-o ao gabinete e disse-lhe: – Meu filho,
Tu vais agora entrar no verdadeiro trilho!
Tu já sabes inglês e francês; o Tibério,
    Teu mestre, um homem sério,
    Me disse ultimamente
Que podes dar lições de geografia à gente –
E, depois de tomar o velho uma pitada,
– Não quero, prosseguiu, que tu saibas mais
                                 [nada,
Pois sabes muito mais do que teu pai, e, como
Fortuna ele não tem para te dar mesada,
Deus, que me ouvindo está, por testemunha
                                     [tomo!

Não hás de ser doutor! E para que o serias?
Em breve, filho meu, tu te arrependerias.
Pois não vês por aí tantos, tantos doutores,
      Que não tomam caminho,
      Sofrem mil dissabores,
Sem ter o que fazer do inútil pergaminho? –
Nisto o velho assoou-se ao lenço de Alcobaça,
E a trompa fez tremer os vidros na vidraça.
– Tu vais para o comércio. Arranjei-te um
                        [emprego
Em casa de Saraiva, Almeida & Companhia.
Acredita, rapaz, que o teu e o meu sossego
      Farás, se me disseres
      Que não te contraria
Esta resolução. Tua mãe, que é bem boa,
Mas os defeitos tem de todas as mulheres,
Quer que sejas praí um bacharel à-toa;
Pois olha que teu pai tem prática do mundo
E a máquina social conhece bem a fundo
Para o comércio vai. Se tiveres juízo,
Em dez anos... nem tanto até será preciso...
Serás sócio da casa. A casa é muito forte,
Meu filho, e todos lá têm tido muita sorte.

O Arnaldo quis em vão protestar. O bom velho
      Fê-lo chegar-se ao relho,
E a ambiciosa mãe capacitou-se, em suma,
Que, na casa Saraiva, Almeida & Companhia,
Teria mais futuro o seu rapaz, que numa
      Reles academia.

Pobre Arnaldo! O lugar que lhe foi reservado
    Não era de caixeiro,
    Mas de simples criado:
Às cinco da manhã despertava, e ligeiro
Descia aos armazéns, pegava na vassoura,
E tinha que varrer o chão. Não me desdoura
O trabalhar (o moço aos seus botões dizia).
    Mas não valia a pena
Ter aprendido inglês, francês e geografia,
Se a uma eterna vassoura a sorte me condena!

O pobre rapazinho andava o dia inteiro
Recados a fazer, levípede, lampeiro,
    E, à noite, fatigado,
Atirava-se à rede e um sono só dormia
Até pela manhã, quando a vassoura esguia
O esperava num canto. Ele tinha licença
De ir à casa dos pais de quinze em quinze
                          [dias!...
Sentia pela mãe uma saudade intensa!
Vida estúpida e má! Vida sem alegrias!...

Saraiva, o principal sócio daquela firma,
Tipo honrado, conforme inda hoje a praça
                              [afirma,
Andava pela Europa a viajar, e o sócio,
O Almeida, estava então à testa do negócio.
Era o Almeida casado, e tinha uma sujeita...
No intuito de evitar toda e qualquer suspeita,
Não quis o maganão que ela morasse perto

Da casa de negócio, onde estava a família:
Em S. Pantaleão, bairro sempre deserto,
   Pôs-lhe casa e mobília.

O Arnaldo lamentava o seu mesquinho fado,
E andava sempre triste e sempre amargurado,
Quando o senhor Almeida, o patrão, de uma
                                    [feita,
Se lembrou de o mandar à casa da sujeita,
     Levar uma fazenda
De que ela lhe fizera há dias encomenda.
Lá foi o Arnaldo, e, ao dar co'a moça,
                         [boquiaberto
Ficou por não ter visto ainda tão de perto
     Senhora tão formosa,
     Nem tão apetitosa;
E, a julgar pelo olhar que lhe lançou a bela,
Ela dele gostou tanto como ele dela.

Era bem raro o dia em que o negociante
Não tinha que mandar o Arnaldo à sua amante
Qualquer coisa levar. Por isso, de repente,
O triste varredor mostrara-se contente,
     Sagaz, ativo, esperto,
     E ao pai e à mãe dizia
Que na casa Saraiva, Almeida & Companhia
     Achara um céu aberto.
     Pudera! o capadócio
Em dois meses passou de caixeirinho a sócio.

A NUVEM

A cena era na rua
De São Tiago, à meia-noite. A lua
    Brilhava intensamente
    Do céu na amplidão nua,
    Azul e transparente.
Que luar o luar do Maranhão! Dir-se-ia
    Um belo meio-dia,
Iluminado por um sol sem fogo!

    A rua era deserta.
De vez em quando, ao longo, aparecia
    A negra forma incerta
    De um vago transeunte
Regressando do amor, talvez do jogo.

    Que ninguém me pergunte
Quem era o moço que parado estava

Junto ao muro da casa em que morava
        O capitão Pedrosa,
Velho cuja honradez foi bem famosa.
        Era um moço –, isto basta.
        Acrescente-se apenas
        Que a cabeleira vasta,
Caindo em crespas, rútilas melenas,
        E o chapéu desabado
Davam-lhe um ar romântico…
                      – Parado

Já ele estava a um quarto de hora em frente
        Ao muro, e impaciente
Esperava. Mas quem? O bom Pedrosa
Tinha três filhas, cada qual mais feia,
E a mais nova era já senhora idosa,
Que vivia a rezar e a fazer meia.

Debalde o velho pretendeu casá-las,
Correndo festas, frequentando salas…
Jamais lhe foi possível impingi-las;
        Nos saraus, os rapazes
        Deixavam-nas tranquilas,
        Não dançavam com elas
        E as míseras donzelas
Eram alvo de sátiras mordazes,
Como se fosse um crime a fealdade!

        E passaram-se os dias,
        E passaram-se os meses,

E passaram-se os anos,
E com eles passara a mocidade...
E as três irmãs, sombrias,
Carpindo os maus revezes
E os negros desenganos,
Ficaram para tias
E deram em devotas...

Sabidas essas notas,
Ninguém crerá que o moço de melenas
E chapéu desabado
Ali fosse levado
Por alguma daquelas três pequenas,
Que não só eram feias como puras.

Não te percas, leitor, em conjecturas:
O capitão Pedrosa
Tinha em casa uma "cria" apetitosa,
Que o sono a muita gente
No Maranhão tirava
Inconscientemente...

Era mestiça e tinha sido escrava,
Ou filha de uma escrava, a rapariga
Que tanta gente boa cobiçava
No tempo em que se passa a história antiga
Que vim, leitor, contar-te,
Com toda a singeleza, mas sem arte.

Mas não estranhes que tirasse o sono
A humilde criatura,

Pois era um ideal de formosura,
      Que merecia um trono!
A cor de jambo, o lábio nacarado;
      O cabelo ondulado,
Negro, da negridão dos olhos belos,
      Desafiando anelos;
Dentes alvos; nariz arrebitado,
      Petulante, expressivo;
O corpo esbelto, senhoril, altivo,
      De uma fina princesa;
      Enfim, toda a beleza,
      Que na casa faltava,
Reuniu caprichosa natureza
Naquela moça que nascera escrava!

      A linda Filomena
      (Ela assim se chamava)
Com muita vigilância era guardada
      Ali, desde pequena;
Jamais saiu senão acompanhada,
      E nem mesmo à janela
      Curiosa vizinha
      Nunca a apanhou sozinha:
      Sempre estava com ela
      Alguma das Pedrosas,
E a companhia dessas três feiosas
      Tornava-a inda mais bela,
      Sobressair fazendo
O quanto nela havia de estupendo.

A rua de São Tiago
Atravessavam muitos namorados;
Levava-os o desejo, embora vago,
De entrevê-la de longe; mas... coitados!...
As Pedrosas faziam sentinela,
E, se um homem qualquer se aproximava,
Filomena saía da janela...
    E o sujeito passava!

Demais, qualquer das tias, desdenhada
Pelos rapazes dos saraus de outrora,
    Inveja tinha agora
    À bela requestada.
"Passamos pelo indômito desgosto",
Pensavam elas, "de ficar solteiras
Por sermos feias; queiras ou não queiras,
Também o ficas... por motivo oposto."

    Eis que chega a novena
De São Tiago. As filhas do Pedrosa
Uma noite não perdem. Vai com elas,
    Elegante e garbosa,
    A nossa Filomena,
Guardada à vista pelas três donzelas.

Durante a cerimônia religiosa,
Na pequenina igreja, à quarta noite
(Moça oprimida é justo que se afoite...)
    Ela notou que um moço,
Que já de outra novena conhecia

E lhe causara um íntimo alvoroço,
Certos sinais de longe lhe fazia,
Mostrando-lhe um bilhete que trazia;
    Pesar de muito esperta,
    Responder não podia:
As três estavam de olho e ouvido alerta.

A situação compreende o moço, e logo,
Como se endoidecesse de repente,
    Grita: – Fujam, que há fogo! –
De confusão enche-se toda a gente
Que à uma quer sair da igreja aos gritos!
Há quedas, apertões e faniquitos!
Separam-se as Pedrosas! Filomena,
Que vira o moço preparar a cena,
Chega-se a ele, toma-lhe o bilhete,
E mete-o logo dentro do corpete.
Sobe ao púlpito um frade barbadinho
E consegue acalmar o burburinho.
Ninguém soube que estúpido gaiato
Produzira o medonho espalhafato.

    No seu quarto, sozinha,
Filomena, que lia soletrado,
Suspirando de gozo a cada linha,
Leu estas linhas do mancebo ousado:
    "Amo-te loucamente!
    Se pensas no futuro,
Ilude a vigilância dessa gente,
E amanhã, meu amor, vai ter comigo,
À meia-noite, no portão do muro.

Não correrás perigo,
Por minha honra, o juro.
Se me dás a entrevista, ó Filomena,
Logo que eu te apareça
Amanhã, na novena,
Leva a mão à cabeça."

Escusado é dizer que, sem protesto,
Fez Filomena o reclamado gesto,
E é por isso que estava ali parado,
Naquela noite plácida e silente,
O chapéu desabado...

O namorado necessariamente
Não se lembrou da lua, mas a lua
Foi, por acaso, protetora sua,
Pois, se estivesse escuro,
Não roubaria a mulatinha a chave,
E de mansinho, lépida, suave,
Não abriria o muro...
Ele a nada se atreve
(Pensou): a lua defender-me deve... –

Com efeito, queria
Levar longe a ousadia
O moço cujo peito era ofegante
E cujas mãos curiosas...
Mas a lua era guarda vigilante,
Mais vigilante ainda que as Pedrosas.

Entretanto, uma nuvem carregada,
    A rolar isolada
    Naquele céu tão limpo,
    Parecendo enviada
Por qualquer deusa lúbrica do Olimpo,
Se não a deusa em nuvem transformada,
Aproxima-se indolentemente
    Da lua. De repente,
    Vendo a moça indiscreta
    O perigo iminente
    Quis despedir-se inquieta.
– Não! não me fujas, Filomena! Espera
Que aquela benemérita cortina
    Cubra a abelhuda austera,
Que, suspensa no céu, nos ilumina...

. . . .

    A nuvem libertina
Tanto tempo os deixou ficar no escuro,
Que, ao surgir outra vez a branca lua,
Já não se via mais ninguém na rua,
    Nem estava aberto o muro.

CONTOS CARIOCAS

JUVENAL

Chegado há pouco de Nápoles,
Mal completara treze anos
    A flor dos italianos,
    O formoso Juvenal.
Vendia as folhas diárias;
Cansava as perninhas nuas,
Gritando por essas ruas:
– *Cruzeiro! Globo! Jornal!* –

Coitado! Vivia o mísero
Como um cãozinho sem dono,
Ao mais completo abandono,
    Ora aqui, ora acolá,
A dormir um sono plácido
À noite, nas horas mortas,
Sobre o batente das portas
Deitava-se ao deus-dará!

Da saúde a cor purpúrea
Não lha alterara o desgosto:
    Juvenal tinha no rosto
Da infância o róseo matiz.
Era o inocente notívago,
No seu viver lastimoso,
    Um miserável ditoso,
    Um desgraçado feliz.

    O fato não é poético,
Mas à verdade não fujo:
O pequeno andava sujo,
    Sujo que metia dó;
Braços, pernas, rosto – ó lástima! –
    Enegrecidos estavam,
E o pescoço lhe abraçavam
    Negros colares de pó.

Dos seus fregueses no número,
Havia um sor conselheiro
Ia levar-lhe o *Cruzeiro*
    Cedinho, pela manhã.
No topo da escada nítida
    Quem a folha recebia
    E pagava, todo o dia,
Era a formosa Nhã-nhã.

Nhã-nhã, um anjo pulquérrimo!
Pálida, triste, franzina...
Era mais do que menina

E menos do que mulher;
Desabrochava-lhe esplêndida,
Entre doiradas quimeras,
Flor de quinze primaveras
    Em lábios de rosicler.

De vê-la o pobre alegrava-se,
    E, se acaso não a via,
No fundo d'alma sentia
    Misterioso torpor...
Um sentimento novíssimo
Entre o respeito e a vontade;
Muito mais do que amizade,
Muito menos do que amor.

Como não a visse um sábado,
Juvenal, todo inocência,
Disse consigo: – Paciência;
Eu hei de vê-la amanhã –;
Mas que aflição! que suplício!...
Quantas mágoas e agonias!...
Passar assim vinte dias
Sem que ele visse Nhã-nhã!

Vinte dias! Louco, atônito,
    No vigésimo primeiro
A escada do conselheiro
    O pobrezinho subiu...
Estava na sala um féretro,
    Por tochas alumiado,

Numa essa colocado
Que de surpreso o feriu.

Penetrou na sala, trêmulo,
    Vexado como um patife,
E, ao chegar junto do esquife,
    Lívido, parvo, estacou...
Nhã-nhã morrera! De lágrimas
Houve tamanha enxurrada,
    Que ele de cara lavada
A vez primeira ficou.

1882.

VAGABUNDO

O Matias, coitado,
Vive sabe Deus como, que é casado
E duzentos mil-réis mensais apenas ganha,
Pois lhe há sido tamanha
A ingratidão dos fados desumanos,
Que ele ainda hoje tem o parco vencimento
De quando começou, há muitos anos,
Numa repartição...

Caminho lento
Percorre o funcionário
Que se mostre à mesura refratário,
E, metido consigo
De toda a gente não se faça amigo,
Nem serviços alegue
E da sorte ao capricho apático se entregue.
Era assim o Matias,

E, passavam-se dias,
Semanas, meses, anos, sem que o mundo
Lhe ouvisse a menor queixa.

De Catumbi no fundo,
Numa viela que a montanha fecha,
Reside o pobretão em companhia
Da cara esposa que, fazendo balas,
Do casal as despesas auxilia,
Porque, se assim não fora, ambos de certo
Se veriam em talas.

Seria aquela casa um lindo céu aberto
Se tivesse o casal um filho, um filho ao menos,
Sim, porque, não há dúvida, os pequenos
Espancam a tristeza
E tornam suportável a pobreza
No lar mais esquecido dos favores
Da eterna deusa cega e fugitiva
Que anda sobre uma roda e que nos faz,
[senhores,
Andar a todos numa roda-viva.

No entanto, em casa havia
Um velho cão que, a bem dizer, supria
De uma criança, a falta.

Era um grande peralta
Que, se a porta da rua achava aberta,
Ia logo se embora,

E eram dias e dias pela certa,
    Que ficava lá fora,
    E coisas tais fazia,
    Que, ao regressar, trazia
    Vestígios eloquentes
    De haver lutado a dentes,
Disputando, talvez, uma gentil cadela,
Qual cavalheiro antigo, a lança heroica em riste,
    Disputaria a sua dama bela.
    O cão dessas façanhas vinha triste,
    Cauda e orelhas caídas, receoso
De ser mal recebido (e era muito bem-feito!);
    Porém bastava um gesto carinhoso,
    Um sorriso fagueiro,
    Uma bala roubada ao tabuleiro,
Para vê-lo de novo alegre e satisfeito.

Há dez anos o cão aparecera um dia
    Ali; ninguém sabia
    De onde viera. Tinha fome o bicho,
    E, como lha matassem
    E lhe dessem um nicho
Onde nem sol nem chuva o incomodassem,
    Foi-se ficando o maganão tranquilo
    Naquele doce asilo.

    Deram-lhe o nome feio
De *Vagabundo*, e o mesmo nome, creio
    (Digo-o em seu desabono)
Lhe havia dado o primitivo dono,

Porque, à primeira vez que foi assim chamado,
Correu logo, apressado.

Jamais num cão fraldeiro
Esse nome assentou com tanta propriedade;
Vagabundo, melhor do que o melhor carteiro,
Conhecia a cidade
Do Rio de Janeiro.

Ultimamente, há dias, quando a nossa
Municipalidade
A guerra declarou de morte aos cães vadios,
Matias e a mulher tiveram calafrios
Por causa da patibular carroça
Que o bairro percorria
Engaiolando os cães, para matá-los.
Incessantes abalos
No piedoso casal o carro produzia.
Que querem? Não havia
Dinheiro para o imposto
Que podia evitar-lhes o desgosto
De verem *Vagabundo* engaiolado...

                                  Um dia
A carroça fatal passou de cães repleta,
E a mulher do Matias inquieta,
Debalde procurou por *Vagabundo*:
Não estava em casa, andava a correr mundo
– Quem sabe se foi preso e vai ali? – murmura,
E, fazendo tão triste conjectura,
Viu a carroça... e *Vagabundo* dentro!

A mulher desespera!
Em minúcias não entro,
Que é difícil pintar-vos a sincera
Dor que dela se apossa
Ao ver o cão querido na carroça,
Que lembra uma carreta
No tempo da infeliz Maria Antonieta.

Mas, eis que o velho cão sai de baixo da mesa
Agitando a sorrir a cauda tesa,
Como se tudo houvera compreendido;
Parecendo dizer: – Cá estou, não tenha medo,
Eu me havia escondido
Apenas por brinquedo.

Não era *Vagabundo*, o cão engaiolado,
Porém outro com ele parecido,
Que o não ser [de] raça
Tem este inconveniente
De se não distinguir de qualquer cão que passa.

A senhora ficou muito contente,
Para outro susto não sofrer, coitada,
Foi buscar onde estava bem guardada
Uma velha pulseira,
Joia número um, do tempo de solteira,
E empenhá-la mandou no Monte do Socorro,
Para pagar o imposto do cachorro.

SEM BOTAS

Em tudo acreditava
O Lopes, bom rapaz, rapaz simplório,
Que dos seus companheiros de escritório,
No velho Banco onde os pirões ganhava,
Era o divertimento, era o "pratinho";
Não lhe pregavam peta, coitadinho!
    Que lhe não parecesse uma verdade.

Mas, apesar de tanta ingenuidade,
    Pesava-lhe a amargura
De não ter tido nunca uma aventura
Amorosa; lembrava-se com pena
De que não fora nunca herói de um drama
    Nem mesmo de uma cena,
    Em que entrasse uma dama
    Por ele apaixonada,
    Ou solteira, ou casada.

Mas uma noite o acaso, enfim, num bonde
    Que ele tomara a esmo,
Por fugir ao calor, sem saber onde
    Iria ter, nem mesmo
Que tempo no passeio gastaria,
Deparou-lhe a aventura cobiçada:
Linda mulher, ao lado seu sentada,
Olhares tão sensuais lhe dirigia,
    E com tanta insistência,
Que ele, apesar da sua inexperiência,
Pois que jamais se vira em tais assados,
    Foi dos mais atirados,
E fez, com o cotovelo e com o joelho,
Trabalho digno de um "bolina" velho.

    A passageira bela
Saltou do bonde, e o Lopes, prontamente,
Também saltou (pudera), e foi trás dela,
Sem saber em que bairro se encontrava,
    Nem que rua era aquela,
Onde além deles, nem um cão passava,
– Rua deserta, silenciosa, escura,
    Propícia a uma aventura.

Antes que o Lopes qualquer coisa diga,
Ela volta-se, e fala: – Por piedade
    Os passos meus não siga,
Se não deseja a minha inf'licidade!
Hoje, só hoje, desacompanhada
    Fui a sair forçada

            Por um negócio urgente.
            Meu marido é doente,
E há três dias estamos sem criada.
Fez-me o senhor uma impressão profunda,
Por parecer-se com alguém que o sono
Eterno dorme numa cova funda:
            Foi o primeiro dono
Do meu amor de virgem... Acredite:
Não posso crer que um morto ressuscite,
            Mas, ao ver essa cara,
Supus que o meu Gabriel ressuscitara!
            Adeus, senhor! não tente
Tornar a ver-me! Esqueça-me! É prudente!
            – Mas eu... – De conta faça
Que uma visão eu sou... visão que passa...

E esgueirava-se a dama. O namorado
            Que se havia deixado
            Ficar mudo, enlevado
No som daquela voz, notas estranhas,
Misteriosa música divina
Que lhe invadia o âmago e as entranhas,
Tomou-lhe a mão papuda e pequenina,
            Dizendo-lhe: – Senhora,
Não se afaste de mim, não vá-se embora,
Sem me deixar ao menos a esperança
De que algum dia tornarei a vê-la!
Não queira que num céu todo bonança
Brilhe, e logo se apague a minha estrela!
– Não! deixe-me partir! – Oh, não! não parta!

– Pois sim... pois bem... escrevo-lhe uma
[carta...
Dê-me o seu nome e a sua *adresse* – Pronto!
Meu cartão aqui tem.

E o Lopes, tonto,
Qual se bebera capitoso vinho,
Ficou ali parado,
Enquanto ela seguia o seu caminho
E entrava num sobrado.
A carta não tardou. Dizia a bela
Que jamais faltaria
Ao seu dever por uma fantasia;
Que o pobre Lopes se esquecesse dela;
Se, entretanto, quisesse
Mandar-lhe uma resposta, que o fizesse
Para a posta-restante.

Foi a correspondência por diante,
E, à terceira missiva,
Já se mostrava a dama compassiva,
Prometendo que, logo que pudesse,
Uma entrevista ao Lopes marcaria.
E cumpriu a promessa um belo dia:
"Não posso mais! Se és homem que se afoite,
Podes vir sexta-feira, à meia-noite.
Fica à porta da rua
Uma criada à tua
Espera. Meu marido
Aqui estará, porém... adormecido.

Vê a quanto me exponho
Para tornar verdade um belo sonho!"

Achou o Lopes no posto a medianeira,
Uma velha mulata. Esta lhe disse,
Guardando, agradecida, algumas notas,
    Que a escada não subisse
Sem descalçar primeiramente as botas,
    Que tinham "ringideira".
Ele subia ridículo, em palmilhas,
E co'um dedo enfiado nas presilhas
Das duas botas penduradas. Ela,
    Que o vira da janela,
Foi no topo da escada recebê-lo,
Sugestivo o *peignoir*, solto o cabelo,
    Ele quis abraçá-la;
Ela, porém, fez – *Psiu!* – e, cautelosa,
Tomando-o pela mão fria e nervosa,
Pé ante pé levou-o para a sala,
    Dizendo-lhe baixinho;
    – Muito devagarzinho...
Ele pode acordar... – Na sala escura
Teve ignóbil desfecho essa aventura...

– Mas teu marido? Tu não tens receio...
– Ai! se soubesses... Eu narcotizei-o!...
Olha... Não o ouves ressonar? – O moço
Nada ouvia, mas respondeu... Sim... ouço...

Sucederam-se novas entrevistas,

Sempre co'as mesmas precauções já vistas.
Logo à segunda, o Lopes foi sangrado
Em quinhentos mil-réis, não para ela,
Que nada lhe faltava, Deus louvado,
Mas para a tal mulata, sentinela,
Que tinha precisão dessa quantia.
Oito dias depois, nova sangria;
Outra, mais outra, e muitas –, finalmente
Nunca se viu mulher mais exigente!

Ele mandava ao diabo a sua estrela!
Amante cara! E não podia vê-la
Senão à meia-luz, e receoso
     De despertar o esposo!
     Que idade ela teria
Ele ignorava, e desprezá-la qu'ria;
Porém era dos tais que não reagem
     Por falta de coragem.

     Os colegas do Banco
Perceberam que o Lopes ocultava
Alguma coisa que o mortificava.
Perguntaram-lhe o que era, e ele foi franco:
     – Imaginem, rapazes,
Que numa noite em que eu espairecia
     Num bonde da Alegria,
     Uns olhos vi, capazes
De um morto erguer da sepultura fria!
     Noite de amor nefasta!
Ela saltou na rua***. – Basta! basta!

   (Um dos rapazes disse)
   Que grande patetice!
   Já sei de quem se trata:
É da célebre tipa da mulata,
Uma velha *cocotte* aposentada,
   Que finge ser casada,
 E acha que toda a gente é parecida
Co'um tal defunto de quem foi querida!
Aos amantes faz crer que narcotiza
Um marido fantástico! Artemisa
Diz que se chama e chama-se Teresa! –
Pasmado estava o Lopes. – Com certeza
(Acrescentou o amigo, entre chacotas),
   Para subir a escada,
Foste obrigado a descalçar as botas...
– Sabes de tudo! não ignoras nada!
– Se eu faço parte dos três mil idiotas
   Que entraram lá sem botas!
Cara foi a lição, completa a cura,
Pois o Lopes não teve outra aventura.

O FANTASMA BRANCO

I

Não havia no mundo senhorita
Mais romanesca do que Filomena,
Das três filhas do Arruda a mais bonita.

O honrado pai dizia-lhe: – Pequena,
Se este sistema de viver não mudas,
Tu para tia hás de ficar, e é pena!

Graças a Deus, porém, são mais sisudas
Tuas irmãs; não leem livros franceses;
Perpetuarão a raça dos Arrudas!

E, de fato, passados poucos meses,
O velho pai casou as outras duas,
E em dois anos avô foi quatro vezes!

– Que intenções, Filomena, são as tuas?
Julgas tu, minha filha, que os maridos
Andam a três por dois por essas ruas? –

Assim falava o velho entre gemidos,
Vendo que a moça, fria e desdenhosa,
Recusava magníficos partidos.

Em todo o pretendente achava prosa,
Prosa vil, prosa chata; nenhum era
O noivo ideal que ela sonhava ansiosa.

E, assim, correndo atrás de uma quimera,
A formosa romântica da vida
Passava a fugitiva primavera.

Sempre de uma alva túnica vestida,
Solto o cabelo que lhe aos pés chegava,
E em longa cisma histérica perdida,

Se, ao luar, no jardim, notivagava,
Se se sentava extática num banco,
Uma visão fantástica lembrava.

Certo gaiato irreverente e franco,
Que em toda a gente honrada nomes punha,
Um dia lhe chamou *Fantasma branco*,
    E pegou essa alcunha.

II

Desesperava Arruda, a toda a hora,
De ver um dia a moça enfim casada,
    Principalmente agora
Que era a um fantasma branco equiparada,
Quando em noite de luar foi despertado
Pela voz de um tenor desocupado,
Que, por baixo do quarto da donzela,
    Cantava, acompanhado
Por um choroso violão. Arruda,
    De face carrancuda,
    Espreitou com cautela:
    Filomena, à janela,
No peitoril fincado o cotovelo,
    A cabeça apoiada
    Na mão, solto o cabelo,
E do clarão da lua iluminada,
    Escutava este canto,
Que lhe causava singular encanto:

    "Dos belos olhos afasta
    Do sono agora o torpor,
    E vem ver, donzela casta,
    O teu Messias de amor!

    Se, reservado, até hoje
    Teu coração não falou,
    Vê se um suspiro lhe foge...
    Aqui me tens, aqui estou!

O trovador do teu sonho,
O noivo do sonho teu,
Soltando um canto tristonho,
Ei-lo meu anjo, sou eu!

Tu dir-me-ás: – Não te conheço!
Vai-te embora, trovador! –
Mas há muito que padeço,
Que morro por ti de amor!

Sou pobre, sou muito pobre;
Não tenho nada, meu bem;
Mas o manto que me cobre
Há de cobrir-te também.

É o meu sonho mais sonhado,
Donzela casta e louçã,
Ser hoje teu namorado,
Ser teu esposo amanhã."

Calou-se o trovador. Silenciosa
    Estava a noite amena;
    Só se ouvia, amorosa,
    Soluçar Filomena.
O namorado perguntou-lhe... em prosa:
– Tu não respondes?... que silêncio é esse?...
Porém, antes que a moça respondesse,
Gritou o Arruda velho: – Vai-te embora,
    Grandíssimo patife,
Se não queres que eu saia lá pra fora,
E co'um cacete os ossos te espatife! –

   Como que por magia,
Do trovador sumiu-se a sombra esguia,
   De chapéu desabado,
Capa traçada, violão ao lado.
Como que por magia, Filomena
A janela fechou. – Aquela cena
Continuou no quarto da donzela,
Onde o zangado pai ralhou com ela.
   Mas a moça fez frente
À cólera paterna, e, formalmente,
Lhe declarou que aquele suspiroso
   Menestrel medievo,
Que parecia de Amadis coevo,
Era o seu ideal misterioso,
E daquela guitarra apaixonada
O meigo som lhe parecera um hino.
   – Qual guitarra qual nada!
Era um reles violão! Mas eu ensino
Àquele capadócio, se se atreve
Outra vez... – Mas, meu pai... – Que o diabo o
            [leve!
Aquilo é sujeitinho sem ofício!
  'Stás aqui, 'stás no Hospício! –

III

Tinha Arruda uma loja de calçado.
Foi no dia seguinte procurado,
   Logo depois do almoço,
   Na loja, por um moço

Que lhe falou assim: – Brito me chamo;
Sou muito rico. Eu sua filha amo;
Ser seu esposo é meu desejo ardente.
Sei que ela é romanesca, e certamente
        Não quererá marido
Como eu, com toda a gente parecido.
De um ardil lancei mão, e agora espero
Que o senhor me perdoe, sou sincero.
O homem do violão, o namorado,
        Num capote embuçado,
Que esta noite cantou pífias quadrinhas
        Que aliás não são minhas,
Era eu! – O senhor? – Eu, em pessoa!
– Então aquilo era fingido? É boa!
– Outro meio não há de conquistá-la...
– Pois, meu caro, arriscou-se a uma bengala!
– É por isso que venho preveni-lo,
        Pois pretendo tranquilo
Levar por diante o plano astucioso.
O trovador há de voltar; furioso,
O senhor fica... – Ficarei, descanse.
– Haverá tudo como num romance:
Prisão... correspondência interceptada...
Paterna maldição... lágrimas... pranto...
Sua filha por mim será raptada,
E em casa honesta ficará, enquanto
Não se fizer o nosso casamento.
Mal se realize este acontecimento,
        Iremos, eu e ela,
Morar numa casinha muito pobre,
        Das de porta e janela,

Onde tudo nos falte e nada sobre,
A não serem misérias e arrelias.
Afianço-lhe que ao cabo de alguns dias
    Ela estará curada
De tanto romantismo. – Isso me agrada,
O velho respondeu, porque duvido
Que de outra forma encontre um bom marido.

IV

Tudo se fez conforme o plano. A bela,
Depois de presa e de maldiçoada,
Saiu de casa e foi depositada,
Até que o Brito se casou com ela.
Vieram, logo depois, dias de fome,
    E o menestrel dizia
      Que quem ama não come:
Vive de amor e vive de poesia.
Filomena já estava resolvida
A procurar de novo o lar paterno,
Quando o marido, carinhoso e terno,
Lhe disse: – Meu amor, foste iludida...
Agora, que o romance te abandona,
Saberás que sou rico e tu és dona
De um palacete onde não falta nada! –
E revelou-lhe toda a farsalhada,
Co'a participação do pai furioso.
– Que tolice! por que não foste franco?
– Oh! se o fosse, o marido venturoso
Jamais seria do *Fantasma branco*!

NHÔ-NHÔ

Outro *dandy* não há como o Brochado;
Na rua do Ouvidor é o rei da moda;
Em toda a parte é sempre mencionado,
Elogiado é sempre em qualquer roda.
O melhor alfaiate o veste, e creio
         Que de graça o faria:
É o seu melhor anúncio, o melhor meio,
         Os melhores engodos
Para atrair a boa freguesia
Dos muitos moços, cada qual picado
Por negra inveja, que pretendem todos
Imitar a elegância do Brochado.

         Não tem outro o seu faro
Para a gravata descobrir da seda
De padrão mais inédito ou mais raro;
         Não há quem o exceda

    Na escolha das bengalas,
    Nem na dos alfinetes
Que nas gravatas fúlgidas espeta,
Provocando, nas ruas e nas salas,
Às senhoritas e aos pintalegretes,
Uma surpresa múrmura e discreta.

Quando o Brochado põe um chapéu novo,
    E vai mostrá-lo ao povo,
Parando à porta da confeitaria
Onde, das três às cinco, todo o dia
Há seis anos é visto se não chove,
Produz o fato sensação; promove
Um movimento de atenção tamanho,
Que atrai de curiosos um rebanho
E de basbaques um corrilho ajunta!
E muito rapazola embasbacado
A quanto topa faz esta pergunta:
– Já viste o chapéu novo do Brochado? –

    E tudo quanto ele usa
As mesmas parvas atenções desperta:
    O sapato, que abusa
Do bico estreito e o polegar aperta;
O colarinho reluzente, o punho,
As *chatelaines*, os anéis, e aquele
Insolente monóculo, que um cunho
Lhe dá de quem supõe que o mundo é dele.

    Acresce que o Brochado
É um bonito rapaz, que dos quarenta

A passo agigantado
Para a casa caminha, embora minta,
   Pois a todos sustenta
   Não chegar à dos trinta;
   Moreno, alto, aprumado,
   O olhar aveludado,
   Negro e farto bigode
Que um níquel de tostão esconder pode;
Belos dentes e lábios nacarados
Que (dizem, não afirmo) são pintados.

Mas é um mistério a vida planetária
Desse elegante, que se não emprega
Senão naquela exibição diária
Que em seu redor tantos pataus congrega
Na rua do Ouvidor e em toda a parte
Onde haja riso e pândega que farte,
E as duras penas de trabalho afogue.
Ele não é nenhum capitalista,
E não consta que herdasse nem que jogue,
Como, pois, explicar que assim resista
A uma vida tão cara e tão vadia?

   E toda a gente ignora
   A sua moradia;
Nunca disse a ninguém onde é que mora,
Nem ninguém nunca o visitou!

                      No entanto,
Leitor amigo, vamos, se quiseres,

Lá do Saco do Alferes
Ao feio bairro, que desprezas tanto,
Procuremos num morro uma casinha
Onde duas mulheres
Cada qual mais mirrada e mais mesquinha,
Noite e dia trabalham, cozinhando,
Engomando, lavando, costurando,
Para pagar o luxo do Brochado.
São irmãs dele. Adoram-no. Contentes,
Não maldizem o fado:
Vivem ambas felizes, sorridentes,
Por verem satisfeito o tal peralta
Por quem se sacrificam e a quem amam!
A elas, coitadinhas, tudo falta,
Mas nada falte ao seu irmão querido,
Ao seu lindo *Nhô-nhô*, que assim lhe chamam.

Quinquagenárias ambas, afagadas
Nem sempre são pelo patife; às vezes,
Quando as pagas demoram os fregueses,
Pelo irmão com injúrias maltratadas
Choram, mas tudo, tudo lhe perdoam:
Lágrimas secam e palavras voam.

Uma ideia somente as mortifica:
Se elas morrem, sozinho o *Nhô-nhô* fica...
Não aguenta o repuxo...
Mas o Brochado diz-lhes, convencido:
– Nem eu trabalho, nem dispenso o luxo;
Se morrerem vocês, eu me suicido! –

POR UM FIO!
Conto-monólogo*

És casado também?... tua esposa é ciumenta
E tem – para empregar uma expressão usada –
        Cabelinho na venta?
Pois vou dar-te um conselho e não te peço
                              [nada:
Evita entrar no bonde. Acaso necessitas
De ir à Copacabana? À Fábrica das Chitas?
        À Vila Guarani?
À Muda da Tijuca? Ao Rocha? A Catumbi?

---

* Se o leitor algum merecimento encontrar neste conto, não será, certamente, pelo assunto, que nada vale. Entretanto, acusaram-me de o haver furtado. Escrevi esses versos a pedido do distinto ator Mattos, aproveitando um fato contado por ele como sucedido a um amigo. É possível que exista outro conto, monólogo ou coisa que o valha, com o mesmo assunto, mas nunca o vi nem o ouvi. (N. do A.)

Toma um carro de praça! E, se não tens dinheiro
Que afronte a proverbial ganância do cocheiro,
Enche-te de valor e vai *pedes calcantes*.
        Assim se andava d'antes
        Por toda esta cidade,
E havia mais saúde e mais atividade.
        Mas, se evitar não podes
O bonde, e um negro fado exige que tu rodes
        Dentro desse veículo
Que um pobre-diabo expõe a parecer ridículo,
Nunca o banco da frente escolhas! Eu te digo
O caso excepcional que se passou comigo...
Ah! ia-me esquecendo: eu abro uma exceção
Para o elétrico... oh, sim! porque essa condução
Dispensa o burro... O burro!... Ainda o sangue
                                               [me ferve!
Ainda não estou em mim!... – Mas vamos ao
                                                [que serve:

Eu sou casado e nunca atraiçoei Biloca
(Minha mulher assim se chama): não provoca
Os meus desejos nem mesmo a Vênus de Milo!
Se eu a visse passar, ficaria tranquilo,
Não lhe ofereceria o braço! Que mulheres
Me fariam fugir aos conjugais deveres?
        Um dia, ali na Lapa,
Eu fiz como José: deixei ficar a capa!
Por sinal, que a perdi... Que boa capa aquela!...
Vi, três dias depois, o Putifar com ela,
E assentava-lhe bem! – Mas imaginem que ontem

(Esta desgraça a toda a humanidade contem!),
Como houvesse luar e a noite convidasse,
Quis um bonde tomar que longe me levasse,
Das vendas, dos cafés, dos chopes e dos
                             [quiosques,
Para a brisa aspirar balsâmica dos bosques.
Fui à Gávea. Um passeio esplêndido, bem
                                  [sabem;
Mas, se passeios há que nunca mais acabem,
Esse é um deles. À volta, adormeci no bonde.
Acordei de repente, e, para saber onde
Me achava, olhei ao longe e vi o mar, e logo
Pensei comigo: – Bom! já estou em Botafogo. –
Adormeci de novo, e quatro sacalões
Fizeram-me acordar... no largo dos Leões!
    Sim, senhor, foi bem boa:
O que me parecera o mar, era a lagoa
    De Rodrigo de Freitas!
O marido que eu sou – um marido às direitas –
Na alcova conjugal entrou às onze e meia!
Agora vejam lá qual foi a minha ceia:
Minha mulher, de pé, as faces incendidas,
Nos olhos o sinal das lágrimas vertidas,
Quer saber de onde e como aquelas horas
                                    [venho,
E me acusa, a gritar, de culpas que não tenho!
– Onde esteve o senhor metido até esta hora? –
– Biloca, ouve, meu bem: a causa da demora... –
– Não diga, que não creio! – Ó Biloquinha, ao
                                    [menos

Não grites, para não despertar os pequenos! –
Enfim, passo por alto os longos pormenores
Do conflito –, eu vestido, ela em trajes menores;
Eu calmo, ela furiosa, e, num ciúme absurdo
Um barulho a fazer de ensurdecer um surdo!
Às cinco da manhã dormíamos serenos,
      Biloca, eu e os pequenos.

Mulher que por ciumenta o marido não poupa,
Tem o hábito mau de examinar-lhe a roupa,
Esperando encontrar um corpo de delito
Que o confunda, que o ponha atônito, contrito.
– Biloca despertou-me aos berros! Tinha achado
      Um cabelo agarrado
À gola do meu *frac*! Era um cabelo louro,
Um cabelo gentil, misto de seda e ouro.
Parecia, por Deus, cabelo de senhora
      Que viesse de fora,
Inglesa ou alemã! – era um fio comprido:
Tinha seguramente um metro bem medido!
Um minuto depois de refletir profunda
E sossegadamente (O céu que me confunda
Se a verdade não digo!) achei que o tal cabelo
      – Não cabelo, mas pelo –
Da cabeça não foi de uma mulher bonita,
Mas da cauda de um burro!
               E Biloca, inda grita!,
Dá-lhe o mundo razão... e vão lá convencê-lo
      Que é pelo e não cabelo!

Toda a minha ventura eu trago por um fio!
Biloca diz que vai para casa do tio
(Já não tem pai nem mãe) e quer judicialmente
Separar-se de mim!... Ai, o banco da frente!...

Mais uma vez repito o meu conselho: evita
Andar de bonde, e quando acaso, por desdita,
Não puderes fazer outra coisa, não vás
Para o banco da frente e sim para o de trás.

DESEJO DE SER MÃE

I

A minha escura e rancorosa estrela
Levou-me um dia, para meu tormento,
A certo baile do Cassino. Vê-la
E adorá-la foi obra de um momento.

Achei, depois, um ótimo pretexto
Para o paterno umbral transpor um dia;
Mas o pai da pequena – um velho honesto –
Manifestou-me pouca simpatia.

Pois à terceira vez em que, apressado,
Lhe galguei as escadas infinitas,
Mandou dizer que estava incomodado
E não podia receber visitas.

Vendo que assim me era negada a porta,
Surgiu a minha bela num postigo,

E docemente murmurou: – Que importa?
Amo-te muito, e hei de casar contigo! –

Daí por diante o nosso amor vingou-se
Em numerosos e arriscados lances,
E a fantasia pródiga nos trouxe
Matéria para inúmeros romances.

Ouvindo-lhe as promessas mais ardentes,
Eu viajava por ignotos mundos
Durante as entrevistas inocentes
Que ela me dava no portão dos fundos.

Os passarinhos, nessas entrevistas
Brejeiros, saltitantes, indiscretos,
Repetiam, soníssonos coristas,
O estribilho gentil dos nossos duetos.

II

Porém um dia um molecote, astuto
Mensageiro das nossas garatujas,
Os passarinhos transformou – que bruto! –
Numa alcateia de hórridas corujas!

Deixou que o velho e honrado pai, sentindo
De oculta carta acusador perfume,
Interceptasse este bilhete lindo:
"Hoje, no sítio e às horas do costume."

Houve – pudera! – enorme barafunda!
A moça teve uns oito faniquitos,
O moleque apanhou tremenda tunda,
E ambos soltaram pavorosos gritos.

Vieram vizinhos, médicos, urbanos...!
Encheu a casa estranho burburinho!
O moleque infeliz foi posto em panos
De água e sal por benévolo vizinho.

A minha namorada, seminua,
Rolava aos uivos pelo chão da sala;
A entremetida comissão da rua
Não tinha forças para segurá-la!

O velho, irado, pálido, fremente,
Expectorava a maldição paterna,
Enquanto a filha, inconscientemente,
Mostrava a todos uma e outra perna!

III

Quando soube de caso tão nefasto,
Tive um abalo que exprimir não posso!
O meu afeto era um afeto casto...
Notem que digo "o meu", não digo "o nosso".

Ela, os meus sonhos, ela, o meu fadário,
Para o resgato da paterna bênção

Outro noivo aceitou. Do comentário
Dispensam-me os leitores –, não dispensam?

De mais a mais a coisa é corriqueira,
Pois muitas vezes aparece ao ano
O tipo da donzela brasileira
Que ama Fulano e casa com Beltrano...

O noivo era hediondo... Eu sou suspeito,
E receio, confesso, que os leitores
Imagine que falo por despeito
Do odioso ladrão dos meus amores.

Embora! – o noivo era hediondo e tolo;
Gastrônomo, pançudo e já grisalho,
Não valia (e foi esse o meu consolo)
Quanto eu valia e mesmo quanto valho.

Tinha dinheiro, muito bom dinheiro;
Casas no campo, casas na cidade;
Mas o rifão lá diz – e é verdadeiro –
Que o dinheiro não faz a f'licidade.

Eu não trocara por um palacete
A leda estância aberta à luz do dia,
O risonho e garrido gabinete
Onde os meus versos líricos fazia!

Não dava pela rútila comenda,
Que o indigno rival trazia ao peito,

A flor que um dia – melindrosa prenda! –
No *frac* ela me pôs com tanto jeito!

IV

O casamento fez-se quatro meses
Depois da horrenda cena já descrita.
Festas assim sucedem poucas vezes!
Nunca vi uma boda tão bonita!

Ricos tecidos, preciosas rendas,
Custosas sedas e fardões bordados,
E joias, e arrebiques, e comendas!...
Não cabiam na igreja os convidados!

Para a mim próprio dar um grande exemplo,
Contive n'alma a exaltação do pranto,
Furtivamente penetrei no templo,
E às cerimônias assisti, de um canto.

A noiva tinha a palidez da cera;
Brilhavam pouco os olhos seus profundos;
Mas tão formosa não me parecera
Nas entrevistas do portão dos fundos.

V

Quando as vozes ouvi do órgão, plangentes,
Que coragem, meu Deus! me foi precisa!

Lágrimas puras, lágrimas ardentes
Rolavam-me no peito da camisa!

Ela também chorava. Uma cascata
Lhe borbotava sobre a face bela...
Ai! Com toda a certeza aquela ingrata
Pensava em mim como eu pensava nela.

Saíram todos. Fiquei só na igreja,
E de joelhos me pus, cobrindo o rosto,
Cheio de ciúmes, lívido de inveja,
E embrutecido pelo meu desgosto.

Não rezava: sonhava, e em sonhos via
A minha pobre namorada morta...
Só dei por mim quando da sacristia
Gritaram: – Saia! vai fechar-se a porta! –

VI

Passado um ano, vi-a em Botafogo,
Num baile, em casa do barão ***, seus olhos
Negros, brilhantes, dardejavam fogo,
E promessas faziam sem refolhos.

Tinha nos lábios um sorriso franco,
Tão diverso daquele de menina,
E o colo, arfando, intumescido, branco,
Estremecia como gelatina.

Sorriu ao ver-me; eu não sorri; curvado,
Tive apenas um gesto de cabeça;
Ela, porém, correu para o meu lado,
Inconsequente, gárrula, travessa.

– O seu braço? me disse. Dei-lhe o braço,
E começamos a passear nas salas.
Eu dizia comigo a cada passo:
– Não há que ver: estou metido em talas!

Ali mesmo jurou que ainda me amava
Como sempre me amara: ardentemente;
Que eu tinha nela uma senhora escrava,
Terna, submissa, amante e reverente!

Tentei ser forte... Um santo que resista
Àqueles olhos negros e profundos!...
E... não faltei à cálida entrevista
Que ela me deu... não no portão dos fundos.

Duas vezes, três vezes por semana,
Eu, venturoso, achava-me ao seu lado!
Oh! Se eu tivesse a musa ovidiana,
Cantara o nosso indômito pecado!

VII

Mas tudo acaba! – percebi que o tédio
Seu pervertido espírito invadira...
Saudoso, vi perdido, e sem remédio,
O seu amor, estúpida mentira.

Alguém o meu lugar tomou; depressa
Outro, e mais outro... E tarda o derradeiro!
Do vício a velha máquina não cessa...
Já lá se vai o décimo primeiro!

E cada vez mais bela entre as mais belas,
A minha pobre namorada estava!
Era um anjo... sem asas, mas, sem elas,
De coração em coração voava!

VIII

Três meses antes de morrer-lhe o esposo,
Pois que ela enviuvou, a desgraçada
Foi mãe. Tanto bastou – caso curioso! –
Para que o mundo a visse transformada:

Nunca mais teve amantes! Entretanto,
Mais bela estava do que nunca o fora!
A toda a gente o fato fez espanto...
Se era viúva, rica e tentadora!

Mas não! Vivia apenas para o filho,
Filho suspeito de um papá incerto.
Da virtude afinal entrou no trilho,
E agora presumia-se a coberto

De qualquer tentação. Mais de um sujeito
A mão de esposo lhe ofereceu, a ela,

Co'um sorriso magoado e contrafeito,
Respondia que não, formosa e bela.

No filho a sua vida se cifrava...
Ela mesma o banhava, ela o vestia,
E só chorava se o bebê chorava,
E só sorria se o bebê sorria!

IX

Um dia encontro-a só e lhe pergunto
Como se explica tal metamorfose.
Se é o respeito à memória de defunto
Que faz com que o gozado já não goze.

Respondeu-me que não; que fez loucuras
Pelo desejo de ser mãe! Jurava
Que nas suas galantes aventuras
Buscava um filho, nada mais buscava!

E nos seus lábios úmidos diviso,
Como uma sombra de abismados mundos,
Aquele mesmo angélico sorriso
Das entrevistas do portão dos fundos.

NOTA FINAL

Esta história, leitor, é puro invento.
Eu não quero, por Deus! ficar malvisto!

Num dia em que me achei mais pachorrento,
Não tendo nada que fazer, fiz isto.

Essa mulher nunca viveu, nem vive;
Nunca viajei por ignorados mundos;
Nunca tive aventuras: nunca tive
Tais entrevistas no portão dos fundos.

BEM FEITO!

A mulher do Vilela,
Não era uma Penélope; os vizinhos
Viam de vez em quando em casa dela
Entrar um moço de altos colarinhos,
Polainas e cartola. Não seria
Caso para estranhar, e aquela gente
    À língua não daria,
Se não escolhesse o moço justamente,
    Para as suas visitas,
    As horas infinitas
Em que o dono da casa estava ausente.

Defronte, um cidadão austero e grave,
Marido e pai de umas senhoras feias,
Que, zeloso, ao sair, fechava à chave,
Sentia o sangue lhe ferver nas veias
Sempre que via aquele sujeitinho,

Desrespeitando a vizinhança honrada,
Em casa entrar do crédulo vizinho.
Por isso, resolveu – cousa impensada! –
    Dizer tudo ao marido,
Que não era, aliás, seu conhecido,
E ter com ele foi, um belo dia,
    Lá na secretaria
Onde o pobre-diabo era empregado.

– Falo ao senhor Vilela? – A um seu criado. –
– Pois, meu caro senhor, fique ciente
    De estar aqui presente
Joaquim Belmonte, funcionário honrado,
    Há muito aposentado,
    Pai de família honesta,
Respeitável, pacífica, modesta. –
Vilela respondeu: – Senhor Belmonte,

De vista já o conheço desde o dia
Em que um prédio aluguei mesmo defronte
    De vossa senhoria.
Eu tenho a honra de ser seu vizinho. –
    – Bem sei, e é justamente
O que me traz. – Parece que adivinho:
    Comigo aqui ter veio,
    Muito provavelmente,
Para comigo combinar o meio
    De fazer com que a nossa
    Municipalidade,
Que tão pouco se ocupa da cidade,

E que às reclamações faz vista grossa,
Mande limpar aquela imunda vala
Da nossa rua, que nos contraria
    Pelo cheiro que exala
E há de ser causa de uma epidemia... –
– Não, não venho tratar da vala; eu venho
Tratar de coisa muito mais nociva,
E por cuja extinção muito me empenho,
E hei de empenhar-me creia, enquanto viva.
    A coisa não depende
    Da Municipalidade,
    Mas do senhor –, entende?
    – Para falar verdade,
Não entendo. – Meu caro, eu poderia
    Escrever-lhe uma carta,
    Que não assinaria;
Mas sou digno de haver nascido em Esparta:
Acho as cartas anônimas infames,
E uma infâmia jamais cometeria,
Embora me expusesse a mil vexames. –

    Depois desse preâmbulo,
O Vilela ficou pasmado e mudo;
    Parecia um sonâmbulo.
O outro continuou, grave e sisudo:
    – O senhor é casado,
Ou, se o não é, parece –, pelo menos
Vive na sua casa acompanhado
De uma senhora e de mais dois pequenos. –
– Mulher e filhos meus, disse o Vilela. –

– Abra o olho com ela!
Quando o senhor não está, vai visitá-la
Um janota, e, reflita,
Não é de cerimônia essa visita,
Pois não lhe abrem a sala... –

Vilela deu um pulo
Da cadeira em que estava, e ficou fulo;
Mas o velho puxou-o pelo casaco
E obrigou-o a sentar-se,
Dizendo-lhe: – Vá lá! não seja fraco!
Ouça o resto, e disfarce...
Naquele bairro inteiro
O escândalo comentam,
E o vendeiro, o açougueiro e o quitandeiro
Mil horrores inventam,
Dizendo que o senhor sabe de tudo,
Mas faz de conta que de nada sabe!
Eu não sou abelhudo,
E outro papel no caso não me cabe
A não ser a defesa do decoro
De minhas filhas, que esse desaforo
Profundamente ofende.
Não pode aquilo continuar, entende?

Disse o Vilela enfim: – Velho maldito,
Se tudo quanto para aí tens dito
Não for verdade, apanhas uma coça!
Livrar-te destas mãos não há quem possa! –
– Faça uma coisa, respondeu tranquilo

O velho: quer saber se é certo aquilo?
Pois amanhã, quando sair, não venha
Para a repartição: em minha casa
    Entre, e lá se detenha.
Fique certo de que não perde a vaza,
Escondido por trás da veneziana,
Verá entrar o biltre que o engana,
Está dito? – Está dito! – Lá o espero,
Sou velho honrado. Convencê-lo quero. –

Foi-se o Belmonte, e o mísero marido
    Ficou estarrecido;
Mas de tal modo disfarçou o estado
Em que o deixara o velho estonteado,
Que, entrando em casa à costumada hora,
    Não notou a senhora
Nenhuma alteração –, e, no outro dia,
Posto à janela do denunciante,
Que, fechada, discreta parecia,
    Viu entrar o amante,
    Que ele não conhecia.

Correu Vilela à casa num rompante,
Antes que o outro lhe embargasse os passos,
    Ou lhe pusesse os braços,
E um barulho infernal se ouviu da rua
Subitamente alvorotada, e cheia
Dessa canalha vil que tumultua
Quando vê novidade em casa alheia.

O corpo do janota pela escada
      Rolou como uma bola,
      E a luzente cartola
      Na rua, encapelada,
Antes do dono apareceu. A vaia
Que ele apanhou foi tal, tão formidável,
Que, viva ele cem anos, é provável
Que da memória nunca mais lhe saia.

Mas, oh, astúcia de mulher, quem pode
      Sondar os teus arcanos,
      Medir os teus recursos?!
Um Hércules não há que não engode
      O ardil dos teus enganos
      Ou o mel dos teus discursos!

      E o Vilela não era
Precisamente um Hércules, coitado!
A esposa, que ele amava, e por quem dera,
      Feliz, entusiasmado,
A vida, se ela a vida lhe pedisse,
      A esposa... que lhe disse?
Que o janota não era o seu amante,
Mas o seu mestre de francês; queria
Aprender essa língua, que humilhante
Era viver na roda em que vivia,
Sem saber o francês... Ele, o marido,
      Já meio convencido,
Lhe perguntou por que razão queria
      Aprender em segredo,

E ela, pondo-lhe um dedo
No lábio inferior, pôs-se a agitá-lo,
Como se fosse um berimbau, e disse:
– Eu queria fazer-te uma surpresa.

　　　Passado o grande abalo,
O bom Vilela, sem que ninguém visse,
Pôs-se na esquina à caça do Belmonte,
E – oh, que não sei de nojo como o conte! –
Deu-lhe uma tunda mestra, e derreado
Dois meses o deixou. Foi coisa nova
　　　Apanhar uma sova
Um grave funcionário aposentado.

Mas, passada tão longa penitência,
　　　Quando se ergueu do leito,
O velho interrogou a consciência,
E a consciência respondeu: – Bem feito!

NÃO SEI

O tempo, que tudo some,
Não me apagou da lembrança
O dia em que à vez primeira
A passear te encontrei.
Perguntei qual o teu nome;
Tu respondeste: – Não sei –,
Mas não perdi a esperança,
E retorqui: – É solteira? –
Conservaste-te calada,
E eu calado não fiquei.
– Diga: é viúva? É casada? –
Tu respondeste: Não sei. –
– Por que vai tão apressada?
Onde é que mora? – Indaguei.
Alguma coisa me diga,
E, se não quer que eu a siga,
Não seja assim tão austera,

E não responda: – Não sei. –
Tomaste um bonde, e eu – pudera! –
O mesmo bonde tomei,
No banco em que te sentaste
Resoluto me sentei;
Logo de mim te afastaste,
E eu para ti me cheguei;
Do bonde, porém, saltaste,
E eu, em seguida, saltei,
E o caminho que tomaste
Como a tua sombra tomei;
As esquinas que dobraste
Pacientemente dobrei;
Na confeitaria entraste,
Na confeitaria entrei;
De novo à rua voltaste,
De novo à rua voltei;
Caminhaste... caminhaste...
E eu caminhei... caminhei...

Mas, por minha desgraça,
Passou junto de nós um tílburi de praça,
E tu rápida, lépida,
Mesmo com o carro a andar, saltaste nele,
[intrépida!
O atônito cocheiro
Quis protestar; mostraste-lhe dinheiro,
Falaste-lhe baixinho,
E o tílburi rodou vertiginosamente,
Tirando fogo às pedras do caminho,

Era risco até de atropelar a gente!
    Naquela circunstância,
    Recordei-me da infância,
    Do tempo em que corria
Como um gato com medo da água fria,
E disse: – Pernas, para que vos quero?
    Corri com desespero!
Felizmente outro tílburi bendito
De uma esquina surgiu. Tomei-o, aflito,
Deitando os bofes pela boca, e disse
Ao cocheiro que rápido seguisse;
    – Cocheiro, aquele tílburi
    Leva a mulher mais bela,
    Casta visão arcângela
    Que nos meus sonhos vi!
    Eu cem mil vezes pago-te
    O preço da tabela,
    Se apanhas o anjo célere,
    Que vai voando ali! –

    Por tua intervenção, ó mágico dinheiro
    Pode ter asas o pior sendeiro!
    Vencendo o espaço indômito, valente,
    O meu carro rodou rapidamente,
    E eu apanhei o tílburi ligeiro,
Dizendo aos meus botões: – Agora não me
                        [escapas,
Mulher que me puseste a roupa branca em
                           [papas! –

Tu foste à estrada de ferro;
À estação te acompanhei.
A locomotiva um berro
Raivoso estava soltando.
Não sei como, foste entrando,
E eu contigo não entrei:
Era preciso um bilhete!
Mais pronto do que um foguete
O tal bilhete comprei,
As pessoas repelindo
Que ao pé do postigo achei,
Descomposturas ouvindo
Às quais atenção não dei.
Por causa dessa delonga,
Não mais teu vulto avistei;
Dos vagões na cauda longa
Debalde te procurei.
Afinal, por felicidade,
Num cantinho te encontrei,
E um sorriso de bondade
Nos teus lábios divisei,
Compensação generosa
Da maçada que apanhei,
Promessa vaga e mimosa
Das delícias que sonhei...
Lugar havia ao teu lado,
Ao teu lado me sentei,
Tão suado, tão cansado,
Que compaixão te causei.
– Em que subúrbio reside?

Arquejante perguntei.
– Responda, não se intimide...
Tu respondeste: Não sei –
– "Não sei!" Sempre "não sei". Outra coisa
[responda,
E aos meus olhos os seus, ó bela, não esconda!
Onde é que mora? Atenda à minha voz amiga!
São Diogo, São Francisco ou São Cristóvão!
[Diga:
Qual destes santos? Hein? Talvez
[Todos-os-Santos!
Responda por quem é, sinhá dos meus encantos!
Vai ao Sampaio? Ao Rocha? Ao Cupertino? Fale!
Da sua meiga voz a música me embale!
A Sapopemba vai? Salta na Cascadura?
Cala-se? Que tortura!
Meu amor vai ficar no Méier!... Acertei!
Respondeste: Não sei. –

Durante a nossa longa viagem,
Outra resposta não te arranquei!
– Vamos, benzinho! Vamos! Coragem!
Alguma coisa diga! – Não sei. –

Como deixasses que a mão fremente
Eu te apertasse, bem ta apertei...
– Não sente nada? Diga: não sente
Estes apertos de mão? – Não sei. –

– Diga, meu anjo, minha alegria,
Se uma esperança ter poderei...

Deve este afeto ser pago um dia?
– Não sei. – Não sabe? Por quê? – Não sei. –

O trem deixamos. Sombrio atalho
Como tomasses, também tomei.
Quanta canseira! Quanto trabalho!
Não está cansada, meu bem? – Não sei. –

Depois de andarmos quase uma hora,
A que parasses eu te obriguei.
– Que mata virgem! Onde é que mora?
Não está cansada? Diga! – Não sei. –

Pois descansemos. – Ela sentou-se
Sobre umas folhas, e eu me sentei.
– Que fresca aragem! Que aragem doce!
Dá-me um beijinho... dá-me? – Não sei. –

. . . .

Depois de te possuir, outro vocábulo
Dos lábios arrancar-te em vão tentei:
Sempre as mesmas, estúpidas, monótonas,
Aquelas duas sílabas – "Não sei"! –

Lembrei-me então que tu (*"horresco referens"*)
Eras idiota... e que eu... Oh, céus! Que
                              [horror!...
Afastei-me de ti nervoso e pálido...
Tive remorsos de meu triste amor!

Alguns meses depois, passei num bonde
      Pela rua do Conde,
E te vi à janela de um sobrado
      De aspecto duvidoso.
      Fiquei muito intrigado
      E muito curioso.
      Subi. Abriste a porta,
E logo me disseste: – Estava morta
      Por vê-lo, meu amigo,
      E falar-lhe a respeito
Daquela tarde que passou comigo.
– Pois mora num sobrado tão suspeito?
– Eu já naquele tempo aqui morava,
E era o que sou: uma mulher perdida
Que o seu corpo vendia a quem pagava.
Quis passar uma tarde divertida...

      Vendo-me perseguida,
Simulei ser uma senhora honesta...
Fugi... corri... fiz toda aquela festa!
Tílburi... trem de ferro... aquilo tudo
Pura comédia foi. 'Stou satisfeita,
Pois vi do que é capaz um cabeçudo
Que persegue na rua uma sujeita!

Mas eu formalizei-me então, e disse-te:
– Aos olhos teus por toleirão passei...
Vamos? Dize! Franqueza! Fui ridículo?
      Respondeste: – Não sei. –

ROGÉRIO BRITO

I

Tinha Rogério uma ambição: ser célebre;
Fazer bons versos, ter bonito estilo;
Na boca, finalmente, andar do público.

Fez o que pôde para consegui-lo.
Escreveu com ardor as *Nuvens pálidas*,
E publicou-as, de ânimo insofrido,
Num bom volume de duzentas páginas;
Mas o livro passou despercebido,
E nem as honras mereceu da crítica.

Redigiu para a imprensa alguns artigos,
E ninguém deu por eles. Um periódico
Fundou, co'a proteção de dois amigos
E um calote pregado no tipógrafo.

Vinte vezes saiu a *Voz do Povo*,
Mas o povo foi surdo à voz do mísero.

Pôs-se à procura de horizonte novo:
Fez o libreto de uma ópera-cômica,
Mas não achou, depois de muita pena,
Maestro que a quisesse pôr em música,
Empresa que a quisesse pôr em cena.

Escreveu em seguida três comédias
E um drama... não me lembro em quantos
[atos...
Uns cinco, seis ou sete... e tinha epílogo...
Gastando em vão a sola dos sapatos,
Debalde cortejou três empresários:
De palco em palco o pobre autor corrido,
Meteu na pasta as produções dramáticas.

Minto: certo empresário que vencido
Pelo cansaço foi, pôs-lhe os *Dois bêbedos*,
Peça com que não se arriscava nada,
A representação, primeira e última,
Ficou por todo o sempre assinalada
Por um *charivari* medonho e sério.
Se a comédia tivesse mais um ato,
Talvez nenhum ator ficasse incólume,
Nenhum banco talvez ficasse intacto!

Dias depois, de certa folha pública
No copioso e lido noticiário

Dizia-se, a respeito dos *Dois bêbedos*,
Que um bêbedo era o autor, o outro o
                    [empresário.

Mas a esperança não deixou Rogério,
E ele, febril, sequioso de renome,
Por diante foi! Visou todos os gêneros
E em nenhum acertou. Morria à fome,
Se acaso não possuísse oitenta apólices,
E só contasse co'a literatura
Para as ordens satisfazer do estômago,
Para a vida aguentar acerba e dura.

Escreveu com vagar alguns capítulos
De um romance chamado *Amor maldito*
Mas no meio estacou, e, com desânimo,
Destruiu tudo quanto havia escrito.

Os elementos reuniu, solícito,
Para um grande poema, uma obra-prima,
Cujo assunto seria a nossa Pátria;
Escolhendo por metro a oitava rima,
Quis por modelo a forma dos *Lusíadas*;
Mas, falhando-lhe os versos e as ideias,
Nunca mais quis saber de poemas épicos.

Seu nome em todas as polianteias
Apareceu, firmando artigos frívolos,
Cuja inserção quase a chorar pedia.
Rogério Brito em toda a parte lia-se;

Entretanto, ninguém o conhecia.
Nem uma citação, ligeira e rápida,
Faziam dele os outros literatos...
Ninguém lhe dava a mínima importância...
Público inepto! Multidão de ingratos!...

II

Numa noite fatal em que Rogério
Em vão tentou conciliar o sono,
E da Fortuna o pérfido abandono
      Memorou entre lágrimas,

– Cansado de pensar nos tantos óbices
Que lhe opunha malévolo destino,
Da sua cama inóspita o mofino
      Levantou-se de súbito.

O seu fato melhor vestiu num ápice;
Pôs o chapéu, pegou no guarda-chuva;
Calçou numa das mãos vistosa luva;
      Saiu de casa lépido.

Era de madrugada. Melancólica
Na planície dos céus vagava a lua.
Nem um cão, nem um bêbedo na rua.
      Era tudo silêncio.

No Rocio morava o insone, o Ícaro,
Perto da rua do Ouvidor, e como

Se obedecesse a repentino assomo
    De perturbado espírito,

A direção tomou da "grande artéria".
Chegado ao largo, para, o olhar ardente
Medindo a rua que lhe fica em frente,
    Longa, sozinha, estúpida.

– Ei-la! Murmura. O âng'lo retilíneo
Que dos lampiões descreve a dupla fila,
Aos seus olhos esplêndido cintila
    Com efeitos fantásticos.

Já viste alguma vez, leitor benévolo,
A rua do Ouvidor de madrugada?
Dir-se-ia uma travessa abandonada,
    Uma viela insípida.

Quando o nosso inditoso comediógrafo
Entrou a percorrer a rua, tudo
Deserto estava, solitário e mudo,
    Como velha necrópole.

Apenas dois agentes da ordem pública
Mal animavam essas horas mortas,
E tomava café um grupo às portas
    Do *Jornal do Commercio*.

Era de junho a madrugada, e, úmido,
Não convidava o tempo a estar a gente

Longe do bom colchão flácido e quente
    E dos lençóis benéficos.

Porém Rogério, alucinado o cérebro,
De par em par as lojas viu abertas,
E as lajes dos passeios via cobertas
    De indivíduos em trânsito.

Lúgubre, horrenda fantasia mórbida,
Terrível sonho de cabeça enferma,
Rua tão triste, tão sem luz, tão erma
    Enche de povo gárrulo!

Ele janotas viu, numerosíssimos,
Nos botequins e nas confeitarias,
E mulheres formosas e vadias
    Nos armarinhos cúpidos!

Que movimento! Parecia um sábado!
Saltavam rolhas e tiniam copos!
E iluminava aquele *fervet opus*
    Um belo sol mirífico!

Os transeuntes acotovelavam-se,
Vendo passar quem tanto tinha escrito,
E diziam: – Lá vai Rogério Brito,
    O autor das *Nuvens pálidas*...

Literatos, artistas e políticos
O chapéu lhe tiravam, respeitosos.

Femíneos olhos meigos e formosos,
      Contemplavam-no lânguidos!

Do Castelões à porta um poeta célebre,
Vendo-o na rua, reverente acode,
E ele dois dedos rápido sacode,
      E passa majestático.

Parece um general – que digo? – um príncipe
Passando uma revista aos seus vassalos,
Só se dignando de cumprimentá-los
      Desdenhoso e fleumático!

No entanto, nessa madrugada frígida,
Na rua do Ouvidor estava tudo
Triste, deserto, solitário, mudo,
      Como velha necrópole.

Mas Rogério lá vai, pobre lunático!
Ora os passos minuindo, ora apressando,
Parando aqui e ali cumprimentando
      Vultos imaginários!

Só dos seus pés o ruído ecoa estrídulo,
Sem que outro som nos ecos se desate,
Sonoro, o salto do sapato bate
      Na cantaria lúbrica.

Afinal, os agentes da ordem pública,
Vendo-o cumprimentar casas fechadas,

Dificilmente, à força de pranchadas,
 Levaram-no, prenderam-no.

III

Há três anos Rogério está no Hospício.
É sossegado; escreve o dia inteiro.
Quando lhe dão papel, pena e tinteiro,
 Não há doido mais cômodo.

Se há visitas, percebe-lhes o mísero
Dizer, embora nada tenham dito:
– Ei-lo!... É aquele!... Acolá... Rogério Brito,
 O autor das *Nuvens pálidas*!...

IMPROBUS AMOR...

O Alfredo era poeta,
E na imprensa chamavam-lhe eminente;
Todavia, gostava loucamente
De uma mulata quase analfabeta,
Que desdenhava o seu amor ardente,
    Pois que lhe preferia
    O primeiro caixeiro
De um armazém de secos e molhados.

Suspirando e gemendo noite e dia,
E tirando do fundo do tinteiro
Chorosos versos, versos inflamados,
    Que a mulata não lia,
E quando os lesse não os entenderia,
As esperanças não perdia Alfredo
    De, mais tarde ou mais cedo,
Aquele coração tornar mais brando.

Um dia, um belo dia, eis senão quando
Uma poetisa de talento, e bela,
    Branca e não amarela,
    Misto de musa e fada,
Olhos da cor do céu sereno e puro,
E cabelos da cor da madrugada
Quando reponta no horizonte escuro,
– Apaixonou-se pelo nosso Alfredo,
E tais olhares lhe lançou, tão fundos,
Que não pôde guardar o seu segredo.

O poeta, nos seus versos gemebundos,
Continuou a lastimar, coitado,
Viver pela mulata desprezado
Como folha arrastada pela brisa,
E não deu atenção à poetisa.

    Um amigo do peito,
    Que de tudo sabia,
Protestou contra essa anomalia:
    – Alfredo! com efeito!
Isso é depravação! Pois tu enjeitas
O amor de uma senhora inteligente,
    Lindíssima, atraente,
Que faz poesias e que as faz bem-feitas,
Pelo menos tão boas como as tuas,
Por não poderes esquecer um diabo,
    Uma mulher das ruas,
    Que de ti dará cabo
    Se não tomares juízo?!...

Vamos! Que os olhos abras é preciso!
Não podes hesitar entre elas duas!...

– Meu caro amigo, respondeu Alfredo,
Tu tens toda a razão, mas eu não cedo.
É uma fatalidade! O fado nosso
Não depende de nós; aquela eu amo.
E outra, seja qual for, amar não posso!
   Insulta-a! Não reclamo!
Dize contra ela o mal que bem quiseres;
Mas há milhões, bilhões de outras mulheres
E não posso outra amar senão aquela,
Que não é boa e nem sequer é bela!

Tanto amor teve, enfim, a recompensa:
A mulata, depois de percorrida
   Uma carreira imensa
Que não podia ser menos abjeta,
   Condoeu-se do poeta.

Hoje comem os dois à mesma mesa,
Hoje dormem os dois na mesma cama,
Não sei se ela é feliz, mas com certeza
   Ele o é, porque a ama,
E a f'licidade nada mais precisa.

Por uma coincidência, a poetisa
   Casou-se com o caixeiro
   De secos e molhados,
Que da mulata o amor logrou primeiro;
E creiam todos que são bem casados.

MORTOS E VIVOS

Fernando Veiga era casado, e amava
Sinceramente a sua esposa, um anjo
Que Deus, ao que parece, cobiçava,
Porque um dia a levou. Que triste dia!
Inda agora ao lembrá-lo me confranjo,
E trinta anos passaram-se! – Maria
  – Ela assim se chamava –
Morreu com dezenove primaveras;
    Era bondosa, meiga,
    E formosa deveras.

    O meu Fernando Veiga
Tinha vinte e seis anos. Quis a sorte
    Interrompesse a morte
Tanta ventura ao cabo de dez meses.
    Maria, quantas vezes,
    Co'uma expressão gaiata,

Dizia: – Amor não mata;
Se matasse, eu morria...
Entretanto, Maria
Morreu de amor, isto é, morreu de parto.

O viúvo, no quarto,
Junto ao cadáver, pois não houve meio
De arrancá-lo dali, me parecia
Estranho a tudo, tive até receio
De que a razão perdido houvesse, e creio
    Que ele a perdera, embora
Mais tarde a recobrasse. Desvairado
    Tinha o olhar, e sorria
De um modo tão estranho, que ainda agora
Só de lembrá-lo fico horripilado!

Porém, no atroz momento
    Do fúnebre saimento
Fez explosão a dor daquele moço!
Que lágrimas! Que gritos! Que alvoroço!
    Ao caixão abraçado,
Que o tirassem dali não consentia,
Vociferando, em lágrimas banhado,
O doce nome da gentil Maria.

    Perto do cemitério
Fernando foi morar, porque sentia
    Alívio e refrigério
Ao visitar a sepultura fria
    Onde o seu bem jazia.

Durante o mês primeiro
Que se seguiu à sua desventura,
Lacrimoso lá ia
Duas vezes por dia,
E muitas vezes era noite escura,
Quando um guarda, ou um coveiro
Ia buscá-lo junto à sepultura,
Por serem horas de fechar-se a porta.

No mês seguinte visitava a morta
Apenas uma vez por dia, e, em breve,
Uma vez por semana,
Pois não há dor que o tempo não a leve,
E ninguém torce a natureza humana.

Ao pé da sepultura de Maria
Uma cova vazia
Esperava o defunto.
– Que boa cova para mim! pensava
Fernando Veiga. Ficaria junto
Da esposa morta a quem eu tanto amava!

Porém um dia a cova achou tomada,
E, na terra, de véspera socada,
Uma coroa em que ele viu, curioso,
Esta banalidade:
"Ao meu querido esposo,
Tributo de saudade."

Na semana seguinte o meu Fernando
Viu, debulhada em lágrimas, orando,

Ajoelhada junto àquela cova,
Uma senhora ainda muito nova,
Trajando espesso, rigoroso luto,
E pensou: – Deve ser a do *Tributo*.

    Com o véu que ela trazia
    Ninguém ver poderia,
    Se era feia ou formosa;
    Mas era esvelta, airosa;
    Tinha o luto elegante;
E na alvura dos mármores, tristonha,
Destacava-se negra, mas risonha
A sua silhueta interessante.

    – Maldito véu de crepe!
    Fernando murmurava...
    Mas que ninguém o increpe:
O tempo é uma barrela –, tudo lava.

Segundo encontro. Desta vez a viúva,
Como o dia estivesse muito quente,
Tirara o véu e descalçara a luva.
    Que visão surpreendente!
Fernando achou que ela se parecia
    Com a sua Maria...
Ilusão dos sentidos: a defunta
Era de um tipo muito diferente.

Tendo feito ao coveiro uma pergunta,
Soube Fernando Veiga que a viúva,

      Houvesse sol ou chuva,
Todos os dias ia ao cemitério,
E ele, que só aos sábados lá ia,
Dali por diante – vejam que impropério!
Quotidianamente aparecia.

Quando à terceira vez lá se encontraram,
Os dois viúvos se cumprimentaram,
E à quarta vez falaram-se. Foi ela
Quem primeiro falou, porque queria
Que lhe indicasse o moço onde comprara
      A pedra que cobria
      A cova de Maria,
Pedra cuja beleza lhe agradara.
– Encomendei-a a um marmorista sério,
Que mora mesmo em frente ao cemitério,
Se vossa exc'lência quer, eu vou... eu vejo...
– Perdão, senhor; apenas eu desejo
Que me apresente ao homem. – Nesse dia
Saiu co'a viúva o viúvo de Maria,
Sem que os dois mortos vissem nem soubessem.

Como náufragos que, passado houvessem
      Pelos mesmos perigos
      Sobre a amplidão das águas,
      E ficassem amigos,
Eles, passando pelas mesmas mágoas,
Os seus doridos corações juntaram.

      Confidências trocaram;
      Todos os episódios

Da vida de ambos foram revelados,
         Vida de namorados,
Vida toda de amores e sem ódios.

         Também ela tivera
Efêmera ventura, eternas penas.
Viveu casada um ano, um ano apenas;
Morreu-lhe o esposo em plena primavera.

Depois, pensaram ambos no mistério
Que os reuniu naquele cemitério,
Ele ainda tão moço, ela tão bela.
– Dir-se-ia até, Fernando obtemperava,
Que a mulher dele e que o marido dela
Eram a força que os aproximava...
Sim, porque a morte os vivos aproxima!

O caso é que Fernando foi amado,
E o morto? Pôs-se-lhe uma pedra em cima,
Do mesmo preço, igual à de Maria...

O resto? Ei-lo aqui vai sem circunlóquios:
         Cessaram os colóquios
         Na paz do cemitério;
Procuraram lugar menos funéreo.

Uniram-se na igreja os namorados,
         E, depois de casados,
Só dos queridos mortos se lembravam
Quando um com o outro acaso disputavam,

Pois são favas contadas: quem se casa
Com viúvos ou viúvas, sempre em casa
Tem, pelos cantos ou por trás das portas,
As virtudes dos mortos ou das mortas.

Os dois defuntos nunca mais, coitados,
Foram pelos esposos visitados...
     No dia de Finados
Mandavam enfeitar as sepulturas,
Mas lá não iam...

     Estas aventuras
Faziam muito efeito num teatro.

     Hoje estão reunidos,
     Mulheres e maridos,
Num jazigo perpétuo todos quatro.

FABRÍCIO

O defunto Fabrício
Era a personificação do vício.
    Apesar de casado
Com Severa, uma santa, o desalmado,
Cratando-se[1] de pândegas e orgias,
Não era tipo que perdesse vaza.
    Durante muitos dias
E muitas noites não entrava em casa,
Ou só entrava fora de horas, tonto.
Tinha uns amores que saíam caro;
    Tudo quanto ganhava
Numa repartição onde era raro
Chegar a tempo de assinar o ponto,
Longe do lar doméstico esbanjava.

---

1. Cratando-se: assim na edição Garnier de 1909. Pode ser derivado de "cratera", palavra que também designa, figuradamente, tudo o que causa perdição moral ou vício. (N. do Org.)

Além disso, jogava.
Da sórdida espelunca
Sempre ele saiu "pronto",
Mas corrigido, nunca.

Severa, a esposa, a vítima, coitada,
Começou por verter acerbo pranto;
    Caiu enferma, e tanto,
    Que esteve quase à morte;
Mas arribou, e, aos poucos, resignada
    Co'a sua triste sorte,
Disse consigo um dia: – Paciência;
Farei de conta que não sou casada,
E meu marido é um hóspede: – A existência,
    Que dali por diante
Passou, foi toda de trabalho. A pobre,
Para que em casa não faltasse o cobre,
    Fez-se negociante.
    O comércio ambulante
De doces, que ela mesma fabricava,
    Sobejamente dava
    Para toda a despesa
    De casa, roupa e mesa.
    Que mais ela queria?
Naquela casa luxo não havia;
Ela não tinha filhos, pois – pudera! –
Essa ventura o esposo não lhe dera.
A princípio sorrira-lhe a esperança
    De ter uma criança

Que suavizasse o triste isolamento
Causado por aquele casamento;
Porém, levado pela sorte avara,
O seu desejo de ser mãe passara
Como passa uma louca fantasia.

II

Fabrício, um belo dia,
Mudar de vida resolveu. – Que diabo!
Pensou –, este viver de mim dá cabo!
Vou tornar-me caseiro,
E despender com regra o meu dinheiro!

Julgas, leitor, que o malandrão sem brios
Aos pés da esposa mártir se arrojasse,
Lhe pedisse perdão dos seus desvios
E, finalmente, se regenerasse?
Mais possível seria
Miar um dia o cão, ladrar o gato,
Do que entrar contrição na alma sombria
Daquele pulha ingrato.
Pesar de não ser jovem, nem prendado,
Fabrício conseguiu, e sem fadiga,
Seduzir uma linda rapariga,
Que só vivia do trabalho honrado.
Ele pôs casa e foi morar com ela.
Olga Menezes se chamava a bela.

Mudou de vida, isso mudou. Agora
Sempre à repartição chegava à hora,
E até já não bebia nem jogava,
Coisa que assombro universal causava.
      Tornara-se caseiro,
        Passando o tempo inteiro,
Que lhe sobrava do serviço, ao lado
Da mulher com que estava amasiado,
E de uma vez por todas olvidando
O domicílio conjugal. E quando
      Teve a esposa notícia
      De tanta impudicícia,
Apenas murmurou – pobre senhora! –:
– Estamos livres um do outro agora –,
E continuou fazendo os seus docinhos,
Gabados por inúmeros fregueses.

III

      Ai! Os fados mesquinhos
Não quiseram durasse muitos meses
A regeneração do meu Fabrício.
      Farto de Olga Menezes,
      Num momento propício
Fingiu ciúmes e a pôs no andar da rua,
      Coitada! Quase nua!
Conquanto ela dissesse que no ventre
Sentia palpitar dos seus amores
      Embrionário fruto.

– Saia depressa e nunca mais cá entre!
　　　Vociferava o bruto,
　　　Simulando furores.
– Mas o meu filho? – Tem um filho? Embora!
Se tem um filho, não é meu! Lá fora!... –
　　　Ele, de então por diante,
Tornou a ser o tipo repugnante
Que sempre fora, cheio de mazelas,
Arruador de becos e vielas;
　　　Jogador e devasso,
Bêbedo, sujo, pedinchão, madraço;
E não voltou, submisso e reverente,
Para junto da esposa desdenhada.

IV

Esta, uma tarde, ouviu, sobressaltada,
O choro de uma criança pequenina,
No corredor. Imediatamente
Abriu a porta e, muito surpreendida,
Viu numa cesta, em panos envolvida,
Uma criança... um menino... ou uma menina,
Que poucos dias tinha de nascida.
– Esta criaturinha foi mandada
A minha casa por alguém, já vejo,
　　　Que sabe o meu desejo
De ter um filho! Oh, mãe desnaturada,
　　　Mil vezes obrigada! –
Ao dizer isto, a boa criatura

Viu na cesta um papel, e fez cem vezes
Destas sete palavras a leitura:
"Fabrício. – Aí tens teu filho. – Olga Menezes."
– Olga... Fabrício... Um filho dele e dela!
        Oh, não! Ficar não deve
Comigo esta criança! O diabo a leve!...
Mas, entre os seus paninhos de flanela,
O pequenito (era um menino), como
        Se percebido houvera
        Esse raivoso assomo,
        Teve um quase sorriso,
        E olhou para Severa
Com o olhar que não vê, vago, indeciso
De quem começa a entrar no velho mundo;
        E desse olhar no fundo,
Sem nenhuma expressão, sem luz, sem brilho,
Ela viu uma súplica fervente,
        Muda, mas eloquente,
E, arrependida, murmurou: – Descansa,
        Ó mísera criança:
Eu serei tua mãe, serás meu filho!
        É o teu fado o meu fado;
Deves amar-me e é natural que eu te ame,
        Pois, se foste enjeitado,
Também o fui, e pelo mesmo infame! –

        O tenro enjeitadinho
Mereceu à doceira tal carinho,
Que nesse dia as nítidas cocadas,
        E as flácidas fatias

De pandeló não foram preparadas
Com a mesma perfeição dos outros dias.

V

Fabrício, que não quis chegar-se ao rego,
Alguns meses depois perdia o emprego.
Desempregado, desceu mais ainda:
Conheceu a miséria. A lista infinda
        Dos amigos de outrora,
Reduzida foi vendo de hora em hora...
Por fim sumiu-se ao longe o derradeiro,
E o miserável, de úlceras coberto,
Sem vigor, sem saúde, sem dinheiro,
Andrajoso, faminto noite e dia,
Nem mesmo tinha domicílio certo,
E muitas vezes no xadrez dormia.
Severa teve dó do desgraçado:
Uma noite, encontrando-o embriagado,
De roupa imunda e de sapatos rotos,
Servindo de joguete a alguns garotos,
Trouxe-o consigo para o lar. (Que queres,
Leitor amigo? – tu, por mais que estudes,
Não saberás, talvez, de que virtudes
São suscetíveis todas as mulheres,
E esta era uma exceção, esta era um anjo!)
        Quando o indigno marmanjo
Acordou de manhã, ficou surpreso
Por ver que no xadrez não estava preso.

Quando Severa viu na sua frente
E tudo adivinhou, teve uma crise
De lágrimas, e foi, provavelmente,
A vez primeira que chorou. – Tu... dize...
Tu perdoas-me? – Sim, mas prevenido
Fica de que não és o meu marido.
És um pobre-diabo, que eu acolho
Sob o meu teto, como acolheria
Outro qualquer, só por filantropia
      Meto em casa um trambolho!
Cuidadinho! vê lá! se não te emendas,
Se continuas a beber nas vendas,
Ponho-te a andar, fecho-te a minha porta!
      Morre pra aí na rua!
      A mim que bem me importa?
Mas, se queres entrar no bom caminho,
Nesta casa que foi, que não é tua,
Tudo terás, menos mulher e vinho.
Perdera há muito o atônito Fabrício
Da dignidade o último resquício.
Trêmulo, humilde, de cabeça baixa,
Tal qual o criminoso quando se acha
Do juiz na presença, ficou mudo,
      Conformado com tudo.

VI

      Quando viu a criança,
Naturalmente perguntou quem era...

Uma ideia terrível de vingança
Passou pela cabeça de Severa.
   Então, leitor, que queres?
Embora vivas a caçar verdades,
Não saberás de que perversidades
São suscetíveis todas as mulheres
Mesmo quando são anjos. O menino
Que estás vendo é meu filho! exclamou ela,
Vê como é vivo, nédio, purpurino!
Uma criança quem já viu mais bela? –
Abriu Fabrício pálpebras tamanhas,
Que saltarem-lhe os olhos parecia.
– Um filho de outra, que a senhora cria...
  – Filho destas entranhas!
– Pois a senhora teve um filho? – Tive!
– E o pai?... – Oh! Que te importa? Já não vive.
– Estranho que a senhora... – Porque estranhas?
Por que me olhas assim? De que te espantas?
  Não me fizeste tantas
  E não me abandonaste?
De que querias que eu vivesse, traste?
Precisava de alguém que me valesse...
Do teu desdém o resultado é esse! –
E apontou para a linda criancinha. –

Fabrício nada respondeu; não tinha
  Que responder; apenas
Derramou novas lágrimas serenas.

VII

Viveu três anos mais. Foi um modelo
      De bom comportamento.
Para pagar o belo tratamento
Que lhe dava a mulher, fez-se doceiro.
      Fazia gosto vê-lo
      Andar acima e abaixo
Batendo os ovos, vigiando o tacho
      Diante do fogareiro.
Tornara-se dos mestres o primeiro
Na manipulação das queijadinhas.

      Ainda quatro linhas:
      Afinal o mofino
Foi para a sepultura onde repousa,
      Sem saber que o menino
Era seu filho e não de sua esposa.

AS VIZINHAS

I

O Felizardo tinha,
Havia um mês apenas,
Uma formosa e lânguida vizinha,
Flor da flor das morenas,
Por quem se apaixonara
Desde o momento em que lhe viu a cara.
À janela sozinha,
Nunca a pilhou, mas sempre acompanhada
Por uma quarentona
Rechonchuda e anafada.

Quem seria a matrona
Ele ignorava, mas, na vizinhança,
Tendo indagado, soube, sem tardança,
Que das duas vizinhas

Uma era a filha e outra a mulher do Prado,
      Velhote apatacado,
Que a vender galos, a vender galinhas,
E outros bichos domésticos, vivia
        Durante todo o dia
        Na praça do Mercado.

Felizardo ficou muito contente
        Ao saber que a matrona
Da morena era mãe, porque a tal dona
        Indubitavelmente
Mostrava ter por ele simpatia;
Quando a cumprimentava, ela sorria
Co'um sorriso de sogra em perspectiva.

        A morena adorada
        Era mais reservada,
        Menos demonstrativa;
        Sorria-lhe igualmente,
        Mas disfarçadamente
        E de um modo indeciso,
Como se fora um crime o seu sorriso.

II

Um dia Felizardo, que era esperto,
Tendo a jeito apanhado um molecote
Da casa das vizinhas, deu-lhe um bote
        E o efeito foi certo,
        Porque não há moleque

Que por uns cinco ou dez mil-réis não peque.
– Como se chama a filha do teu amo?
– Mercedes. – E a senhora? – Julieta.
– Pois ouve cá: dona Mercedes amo.
Toma esta nota. Dobro-te a gorjeta
      Se acaso te encarregas
De lhe entregar uma cartinha... Entregas?
– Entrego, sim, senhor. – Quando trouxeres
A resposta, terás quanto quiseres!

      A secreta cartinha
Uma declaração de amor continha,
E terminava assim: "Se me autoriza
A pedi-la a seu pai em casamento,
Três letras bastam... nada mais precisa...
Sim ou *não*... minha vida ou meu tormento."
      Veio em breve a resposta
      Pela tal mala-posta,
      E exultou Felizardo,
      Lendo, escrito em bastardo,
O grato monossílabo ditoso
Com que sonhava um coração ansioso.

No mesmo dia foi o namorado
      Ter com o pai da morena
      À praça do Mercado.
      Não preparou a cena:
      Refletiu que modesto
Devia o velho ser, por conseguinte,
Dispensava etiquetas. Deu no vinte,
Como o leitor verá, se ler o resto.

III

Em mangas de camisa estava o Prado.
    Na barraca sentado,
Entre galos, galinhas, galinholas
Das raças mais comuns e das mais caras –,
Frangos, patos, perus, coelhos, araras,
Passarinhos saltando nas gaiolas,
Saguis mimosos, trêmulos, surpresos,
Acorrentados cães, macacos presos,
    E no ambiente um cheiro
De entontecer o próprio galinheiro,
    Quando foi procurado
Por Felizardo. – Felizardo Pinho
É o meu nome; conhece-me, *seu* Prado?
– De vista, sim, senhor, que é meu vizinho.
– Eu amo ardentemente sua filha,
E não sou para aí um farroupilha.
Não quero agora expor-lhe as minhas prendas;
    Apenas digo-lhe isto:
    Vivo das próprias rendas,
Tenho boa família e sou bem-visto.
Venho, por sua filha autorizado,
Dizer-lhe que domingo irei pedi-la.
Até lá pode ser bem informado,
Afim de que me aceite ou me repila.
O pai, que estava atônito e pasmado,
Interrogou: – É sério? É decidido?
O senhor gosta da Mercedes? – Gosto,
    E tudo, tudo arrosto,

             Para ser seu marido!
– Bom; domingo lá estou, e é crença minha
Que ficaremos do melhor acordo;
Mas vá jantar, que sábado, à tardinha,
Mando pra casa o meu peru mais gordo.

        No domingo aprazado
O Felizardo, todo encasacado,
Inveja dos catitas mais catitas,
Foi recebido pelo velho Prado
        Na sala de visitas.
– Vou chamar a Mercedes, disse o velho,
Enquanto o namorado, num relance
        Mirando-se no espelho,
Achava-se um bom tipo de romance.

        Voltou à sala o Prado,
Trazendo pela mão... a quarentona.
– Aqui tem minha filha! Embatucado,
Felizardo caiu numa poltrona.

        O mísero protesta:
        – Perdão, mas não é esta!
– Eu não tenho outra filha! sobranceiro
        Exclama o galinheiro.
Felizardo, fazendo uma careta,
– Mas a outra?... – pergunta. – A Julieta?
Essa é minha mulher! – Minha madrasta,
Acrescenta, Mercedes. – Basta! basta
        Perdão, minha senhora!

Murmurou Felizardo, e foi-se embora,
Correndo pelas ruas.

Não houve nunca mais notícias suas.

OS DENTES DO BRÁS

O Brás era bonito, mas – coitado! –
Tinha maus dentes; quando a boca abria,
    Todo o encanto perdia:
    Por isso era calado,
    E não ria: sorria.

Mas que namorador!... tinha a mania
De acompanhar senhoras; quando via
Passar alguma sem marido ao lado,
Sendo bela, ficava entusiasmado,
    E os passos lhe seguia.

Mais de uma dama, tendo reparado
Que tão belo rapaz a perseguia,
Não se mostrava esquiva ao namorado;
    Mas quando descobria
Naquela boca um singular teclado
Em que somente – pobre desdentado! –

Sustenidos havia,
Toda a ilusão se lhe desvanecia.

Muita gente dizia:
— É pena que um rapaz tão adamado
Na boca tenha aquela cacaria,
Quando há dentes postiços no mercado,
E um dentista afamado
Em cada rua chama a freguesia!

O Brás bem percebia
Que aquela boca era o seu negro fado,
Porém não se atrevia
A entregá-la ao dentista; a covardia
Era tanta, era tal, que o desgraçado
Só de pensar no boticão, tremia!

No entanto, o Brás, um dia
Apareceu metamorfoseado,
Mostrando, quando os lábios entreabria,
Dentes que um deus do Olimpo invejaria!

Foi um caso engraçado
Que dos contos a Musa desafia,
E em versos maus ei-lo aqui vai contado:

I

Dissimulando os dentes,
Estava o Brás silencioso à porta

De uma alfaiataria onde se corta,
Mais do que o fato, a pele dos ausentes,
Quando passou, ligeira e saltitante,
    Uma dama elegante
    E desacompanhada.
Oh, que linda mulher! que anjo! que fada! –
Murmura o Brás consigo –, com que graça
    O vestido arregaça
    E pega na sombrinha!
Vou atrás dela, porque está sozinha! –

II

    Ocioso é dizer-vos
    Que a cena representa
A rua do Ouvidor (fere-me os nervos
Dar-lhe outro nome: nenhum mais lhe assenta.)
A dama vai ao largo da Carioca,
Seguida pelo Brás; num armarinho
Entra, e ele, de pé, fica-lhe à coca.

Ela sai afinal; toma um bondinho
Da praça Onze. Ele o bondinho toma,
Disposto a acompanhá-la ao fim do mundo.

Embora fique sem jantar nem ceia,
Pois ou bem se conquiste, ou bem se coma!
Mas – oh, felicidade! – ela dá fundo
    Na praça Tiradentes.

Do bondinho se apeia
E entra na loja de um joalheiro, enquanto
O Brás fica no canto,
Suspiros a soltar intermitentes.

Sai da loja a mulher, sempre sozinha,
E, desta vez, ligeira se encaminha
Para o largo de São Francisco. Para
Diante de uma vitrine, e então repara
Que é seguida de perto
Pelo Brás, e sorri assim de certo
Modo que o encoraja,
Pois aquele sorriso,
Vago, estranho, indeciso,
Não é de quem reaja.

III

Ele aproxima-se, e ela, resoluta,
Como heroína habituada à luta,
Deste modo lhe fala:
– Que deseja de mim o cavalheiro? –
Ele, a sorrir, pergunta-lhe, gaiteiro:
– Dá-me licença para acompanhá-la? –
Ela responde muito amavelmente:
– Pois não! como quiser! – E incontinente
A caminho se põe. O Brás, ditoso,
Não cabendo na pele de contente,
Vai-lhe seguindo o passo vagaroso.

A rua do Ouvidor atravessaram,
    E uma esquina dobraram.

IV

A dama num magnífico sobrado
Entra, e após ela o Brás também, coitado!
Ela, do alto da escada, grita: – Suba!
    E ele, com mais denodo
    Que um espanhol em Cuba,
    Sobe, mas fica todo
Atrapalhado quando vê que um homem
    No patamar o espera.
Um lobo, um tigre, ou qualquer outra fera
Dessas que nos atacam e nos comem,
Tamanho susto não lhe causaria;
Mas o dono da casa lhe sorria,
Dizendo: – Queira entrar... tenha a bondade...
O cavalheiro tem necessidade,
Disse minha mulher, dos meus serviços,
    Essa boca realmente
    Pede uns dentes postiços...
Entre, e lhe afianço: ficará contente!

V

O Brás entrou, e, passeando a vista
    Por tudo que o cercava,

Notou então que estava
Em casa de um dentista;
Mas teve que fazer o pobre-diabo
Das tripas coração. Sentou-se. Ao cabo
De uma hora de tormentos
E dores excessivas,
Tinham deixado as túmidas gengivas
Os últimos fragmentos
Dos caninos de outrora.
Finda a sessão, disse o dentista: – Agora
Vou fazer-lhe uma rica dentadura. –

VI

E assim foi, realmente:
Pouco tempo depois desta aventura,
Impava o Brás –, não lhe faltava um dente.

CONTOS
BRASILEIROS

SÓROR MARTA

Em trajos de cerimônia,
Ó Musa, sobe ao Parnaso,
Pois eu vou contar um caso
Dos bons tempos da colônia.

I

Havia, em certa cidade,
Um mosteiro-citadela,
Fundado sob a tutela
Da Senhora da Piedade

Era uma casa sombria,
Sem regras de arquitetura,
Mais negra que a noite escura
De noite como de dia.

Os muros, tristes e altos,
Tinham dez palmos de largos,
E punham fortes embargos
A sacrílegos assaltos.

Tão rigorosa espessura
Não tomava por lisonja
Nenhuma pálida monja
Da tenebrosa clausura.

Pois, consoante notícia,
Do povo, que não se ilude,
Só respirava virtude
Tão santa e nobre milícia.

Até boatos correram
De que monjas da Piedade
Com cheiro de santidade
Ao céu as almas renderam!

Velha tradição transporta
Que perfeita e nacarada
Fora uma freira encontrada
Seis anos depois de morta.

Seria o corpo tão casto
Daquela freira benigna
Que não foi a terra digna
De fazer dele o seu pasto?

Essa reclusa divina,
Que ninguém hoje conhece,

No meu conto reaparece,
É do meu conto heroína.

II

Em noite de frio e vento,
(Já meia-noite soara)
A Virgem Santa olvidara
O seu piedoso convento.

Bramiu rude tempestade!
Raio horrendo fez um furo
No pujante muro escuro
Da mosteiro da Piedade!

Dos catres saltaram todas
As monjas espavoridas,
Delas de medo transidas,
Delas de horror quase doudas!

Rezaram no coro aceso
Até despontar o dia;
O soalhado parecia
Vergar das monjas ao peso.

III

Sóror Marta do Cordeiro,
Havia muito professa,

Era, contudo, a abadessa,
Mais nova que houve em mosteiro.

Dês que lhe morrera o noivo
Naquela casa encerrou-se,
Mais doce que a pomba doce,
Mais triste que o triste goivo.

Dir-se-ia ter olvidado
De que era, ou havia sido,
Defunta sem ter morrido,
Viúva sem ter casado.

IV

Em bela manhã de maio
(Curiosidade funesta!)
Sobe a freira à larga fresta
Praticada pelo raio,

E vê, lá fora, enlaçados
(Par em verdade formoso!),
Um cavalheiro amoroso
E a dona dos seus cuidados.

Sóror Marta os olhos tapa;
Abre-os de novo; examina…
Treme, chora, desatina…
Um grito d'alma lhe escapa!

A triste reconhecera
No fidalgo, que passara,
Noivo que morto julgara,
Morto que nunca esquecera!

Já muitos anos havia
– Anos de funda saudade! –
Que a monja da Piedade
O cavalheiro não via.

A comoção tão violenta
A sua razão mesquinha
– Pobre monja! pobrezinha! –
Em vão resistir intenta.

Sucessivas gargalhadas
Sóror Marta despedia;
Desorientada, dizia
Mil coisas desencontradas!

E pela medonha brecha
Passou a linda cabeça
E todo o corpo... A abadessa
Rápida caiu qual flecha!

Trinta anos tinha a suicida;
Dividira-lhos a sorte:
– Quinze na morte sem morte,
Quinze na vida sem vida.

1879.

UMA VALSA

É num sarau. Na sala atapetada,
Por um lustre de gás iluminada,
    E duas arandelas
– Vinte e dois bicos imitando velas –,
Cruzam-se homens, senhoras e crianças.

    Vão começar as danças.

Eis a dona da casa. Está sentada.
    Correto cavalheiro
Que é, se me não engano, seu marido,
Vai levar-lhe um rapaz bem parecido,
    Elegante e garrido,
    Orgulhoso e feliz,
Que é capaz de levar um ano inteiro
Dizendo asneiras sem saber que as diz.

A bela dama cora:
Foi do mancebo namorada outrora.

– Trago-te um par. – Com muito gosto o aceito. –
O marido lhe diz e ela responde
Num sorriso de súbito desfeito.
Uma banda de música se esconde
No gabinete próximo.

        – O seu braço? –
Ergue-se a dama, as saias endireita,
     E, meio contrafeita,
     Enfia a mão direita
     No braço do rapaz.

De uma valsa o prelúdio ouvir-se faz,
E após, começa a dança. O moço, com respeito,
O seu formoso par comprime contra o peito.
    Principiam marcando o airoso passo.
    Da música acelera-se o compasso.
Palpita e geme a valsa erótica, ligeira...
O moço aos ombros lança a farta cabeleira;
    Depois, aperta mais de encontro ao seio
    A mulher bela que nos braços traz;
    Faz fincapé no chão; tem um meneio
Impetuoso, febril, precipitado, e zás!
      Valsa ditosa
      Vertiginosa
  Que delícia nos fazes gozar!
      Débil cintura
      Com mão impura

O direito nos dás de apertar!
Túmidos seios,
Cerúleos veios
Junto ao peito sentimos arfar!
Há melhor gosto
Que um lindo rosto
À distância de um beijo fitar?
Quatro imprudentes
Lábios ardentes
Por acaso se podem tocar...
Eternas horas,
Noites e auroras,
Uma valsa devera durar!

O moço para trêmulo, descansa,
E pede ao lindo par, como lembrança,
O cravo rubro que ela traz na trança.
Faz que não ouve a dama,
E põe-se a disfarçar,
Mas a valsa de novo os reclama,
E começam de novo a valsar.

Como ela
Desliza!
Mal pisa!
Que pé!
Tão bela,
Tão suave
Uma ave
Não é!

— O cravo?
— Sossegue!
— Não negue!
— Não dou!
— Escravo
De tantos
Encantos
Estou!

Oh, dê-mo
Depressa!
— Não peça!
— Por quê?
Eu tremo...
— Se o pede...
— Concede?
— Não vê!

— Lembrar-se
Devia
Que um dia
Me amou!
— Disfarce...
Que asneira!
Solteira
Não sou!

Descansando de novo o lindo par,
    Começa a passear,
Ela a abanar-se co'uma ventarola,
E ele co'um lenço que nas mãos enrola.

Mas o curto passeio se interrompe,
    Porque de novo irrompe
O motivo melhor da capitosa valsa.
    De novo se inflamam
    Clarins e pistons,
    Que em volta derramam
    Estrídulos sons.
    Ela uma luva rápida descalça.
Nos seus braços a moça o mancebo arrebata,
E aperta-lhe com força a descalçada mão.
    Oh, pálida insensata,
Que te deixas levar no doido turbilhão!

        É agora!
        Lá vão,
        Embora
        Cansados!
        Danados
        Estão!
        O moço
        Destroço
        Na trança
        Causou:
        O cravo
        – Que agravo! –
        Na dança
        Roubou!
        A trança
        Rolou!
        E todos

Tais modos
Lamentam,
Comentam:
– Audácia!
– Filáucia!
– Tunante!
– Tratante!
Já chovem
Protestos.
– Que horror! –
E o jovem,
Os restos
Beijando
Da flor,
Pulando,
Suando,
Mostrando
Furor,
Não para,
E, a cara
Metendo,
Vai tendo
Lugar!
A triste
Resiste
Nos braços
Devassos
Do par.
O esposo,
Furioso,

A banda
Não manda
Calar!
A bela
Senhora
Desmaia:
Na sala,
Sem fala
Descai!
Descaia!
Que, embora
Sem ela,
O ovante
Dançante
Lá vai!
– Mas pare!
– Repare!
– Faz mal!
Aviso
De siso
Não val!
– Pisou-me!
– Matou-me!
– Socorro,
Que eu morro
Papai!
– Borracho
'Stará?
– Eu acho
Que está!

E a banda
Tão rara,
Nefanda,
Não para!
O amigo
Co'as pernas
Ligeiras
E eternas,
Levando
Consigo
Cadeiras,
Quebrando
Sofás,
A gente
Pisando
Que frente
Lhe faz,
Não cansa
Na dança,
Zás-trás!
E lhe ouço
– Que moço! –
Girando,
Gritando,
Dizer,
– Almejo,
Desejo
Dançando,
Valsando
Morrer! –

A música, porém, parou subitamente.

   Jazem no chão dois míseros moleques
   Que numerosos copos de cerveja
   Traziam numa rútila bandeja.
   As damas riem por detrás dos leques.

Pulando sempre, sempre e sempre, o pobre
                                 [moço
Caiu enfim no chão. Dormiu profundamente
    Até às horas do almoço.
    Quando acordou, quis dançar...
Inda não estava farto de exercício,
    Foi necessário agarrá-lo,
    E mandá-lo
    Para o Hospício,
Onde hoje passa os dias a valsar!

O DOUTOR CANEJA

Sabido é que esta heroica e leal cidade,
Em se tratando de literatura,
Concede foros com facilidade.

Em qualquer outra profissão, é dura
A conquista de um nome; o literato,
Esse as muralhas num momento fura.

Nas letras, o mais reles candidato,
Que alguma tinta e algum papel consuma,
Fazer consegue sempre espalhafato,

E alcança a glória muita vez, e, em suma,
A uma estátua faz jus, sem que lhe seja
Preciso produzir coisa nenhuma!

A prova temos no doutor Caneja,
Que uma reputação tomou de assalto,
Sem dar combate, sem ferir peleja.

Tu, se o visses passar, longo e pernalto,
Cheiroso Murias entre os dedos preso,
Monóculo, bengala e chapéu alto;

Magro, elegante, empertigado e teso,
Acariciando a flácida suíça,
E olhando para o mundo com desprezo;

Não cometerás, não, grande injustiça
Pondo-o no rol da frívola canalha
Que a vadiar o tempo desperdiça.

Vinha, porém, um desmentido à balha:
– Ele, um vadio? Pois nem vai à cama!
Toda a noite, a escrever e a ler, trabalha! –

E ora aí tens, bom leitor, a errônea fama
Que voava por toda esta cidade,
Cujo vulgacho vil néscios aclama.

A metade de um século de idade
Contava, ou mais; formara-se em Direito,
Nunca se soube por que faculdade,

E, por falta de inteligência ou jeito,
Jamais se utilizou, que não convinha,
De um diploma platônico e suspeito;

Como no cofre alguma coisa tinha,
Vivendo foi sem se ocupar de nada,
Mas com muita decência se mantinha.

Trajava roupa à moda e bem talhada,
Frequentava jornais e jornalistas,
Trazia sempre a bolsa escancarada.

Arvorando-se em protetor de artistas,
Criou reputação de ter, em arte,
Uma largueza singular de vistas.

A miúdo aparecia em toda a parte
Onde se achassem jovens escritores,
Desfraldando das letras o estandarte.

Era muito feliz nos seus amores;
Uma senhora jovem, rica e bela,
Dispensou-lhe recônditos favores.

Diziam todos que a gentil donzela
Fora rendida só pelo talento
Do sábio, que afinal casou com ela.

Transformaram a casa num momento
Em cenáculo artístico e pedante,
Onde a literatura achava alento.

Mas o nosso doutor, de então em diante,
Se tornou mudo, nada mais dizia;
Limitava-se a ouvir, e, se, um instante,

Os seus discretos lábios entreabria,
O seu belo sorriso, esquivo e raro,
Um artigo de crítica valia.

Isso de se mostrar da língua avaro,
Para logo lhe deu crédito fundo
De ser sisudo e de ter muito faro.

– Mas por que esse filósofo profundo
Não publica o que escreve? – requeriam
Na roda ilustre do meditabundo.

E sobre tal assunto quando o arguiam,
– Não vale a pena –, murmuravam lábios
Que lentamente e a custo se moviam.

– Eis o orgulho, dizia-se, dos sábios!
Por ignorante e néscio quer que o tomem,
E deixa-se ficar nos alfarrábios!

Mas, quando falecer este grande homem,
Publicadas serão todas as obras
Que na sua modéstia hoje se somem... –

Ele fazia crer – com que manobras! –
Que guardava uma produção imensa
Da magra pasta entre as vazias dobras.

De vez em quando anunciava a imprensa
Ter Caneja entre mãos *Minhas leituras*,
Livro de erudição profunda e densa;

Mas das suas publicações... futuras,
A mais falada era um brilhante – *Estudo
Comparativo das Literaturas.*

Romances, versos, teatro, história –, tudo
O inédito famoso produzia,
Continuando cada vez mais mudo...

A esposa, a esposa só, não se iludia;
Nunca vira o marido escrever nada
Desde que entrou na sua companhia;

Era, porém, discreta e delicada,
E não falava, nem por indiretas,
De um fato que a trazia envergonhada.

Entre os seus prosadores e poetas
Envelhecendo foi o grão Caneja
Impune sempre de tamanhas petas.

Agora já falava, mas a inveja
Contra quem qualquer coisa ao prelo dava,
Irritava-lhe a bílis malfazeja.

Nem uma frase de louvor soltava,
Mas o doesto, a facécia repugnante
Que o caráter, o espírito deprava.

Num tom de voz bradava altissonante
Que José de Alencar era incorreto,
Que Machado de Assis era maçante.

Enfim, quando esse quase analfabeto
Morto, metido foi na cova fria,
Inda a viúva lhe deu provas de afeto:

A toda aquela gente que pedia
Notícia dos papéis do falecido,
Entre sentidas lágrimas dizia:

– Era um sábio modesto meu marido:
Tudo quanto escreveu queimou, e juro
Que disso não morreu arrependido... –

– Embora! responderam-lhe. O futuro
Honrá-lo deve, e o povo fluminense
Talvez que ainda o ponha em bronze duro! –

Caneja, o grande, aos pósteros pertence!
Em cada peito um pedestal encontra!
E o povinho, afinal, não se convence
De que ele era uma besta e era um bilontra.

AS FESTAS

Era o Alfredo casado
Com formosa mulher, nova e sadia,
Mas não a merecia:
Andava enamorado,
Como um velho babão lascivo e tolo,
De uma reles corista
Com pretensões a artista,
Que trabalhava no teatro Apolo.

Fazia versos maus o pobre-diabo,
E era empregado num pequeno banco:
Não podia dar-se ares de nababo,
Não podia mostrar-se muito franco,
Pois o que ali ganhava
Para os gastos da casa mal chegava;
Mas o parvo supunha
Que do Apolo a corista lhe quisesse

		Não por vil interesse,
E o seu carnal desejo em versos punha,
		Convencido de que ela
Com tal moeda se satisfizesse.

Escusado é dizer que ele da bela
		Nada mais conseguira,
		Tangendo a sua lira,
		Senão coisas vulgares,
Sorrisos ternos, lânguidos olhares,
		Porque já não há musa
		Que às coristas seduza...
Já lá se vai o tempo em que um soneto,
Embora não tivesse chave de ouro
No último verso do último quarteto,
		Tinha a chave que abria,
Depois de longo e pertinaz namoro,
O duro peito da mulher mais fria.
		A mísera poesia,
		Por tantos explorada,
Hoje é moeda desvalorizada.

		O visionário Alfredo
Vai uma noite ao teatro muito cedo
E faz chegar às mãos da semiartista,
		Dentro de um ramilhete,
		Perfumado bilhete,
		Pedindo uma entrevista.
E no dia seguinte, à hora do ensaio,
Vai ter com ela e diz: – Daqui não saio,

Enquanto uma resposta não me deres,
Ó tu que és a mais linda das mulheres,
    Flor das musas do Apolo!
Abre a tipa uma bolsa de veludo
    Que traz a tiracolo,
Dessas em que as madamas guardam tudo:
Lencinhos, luvas, pó-de-arroz, bilhetes,
    Pentinhos, alfinetes,
    E dinheiro miúdo;
    Dois retalhos de seda
Tira de dentro, sorridente e pronta,
E do Alfredo aos atônitos ouvidos
Estas palavras murmura segreda:
– Qual mais te agrada destes dois vestidos? –

    Ele o melhor aponta,
– Pois vai comprá-lo e traze-mo. A resposta
Terás então daquele bilhetinho
    À cálida proposta...

Encontras a fazenda no Godinho.
Catorze metros bastam. Adeusinho! –
E a corista fugiu que nem um raio,
Porque a estavam chamando para o ensaio.

    Após ligeiro pasmo,
Perdeu o Alfredo todo o entusiasmo,
    Por ver, naquele instante,
Que, para a amada se tornar amante,
    O metro dos seus versos

Não era ainda bastante:
Ela exigia metros bem diversos:
Metros de seda cara,
Que custar deveriam...
Quanto? – os olhos da cara!
E os lábios seus tremiam!
Para a ingrata o Parnaso era o armarinho,
E o Apolo era o Godinho!

Meteu, desiludido, na algibeira
Os retalhos. Saiu. Foi para o banco,
E, inspirado, nervoso, num arranco,
Passou a mais feroz descalçadeira
Na exigente corista em verso manco.
À noite, em vez de lhe mandar fazenda,
Na forma da encomenda,
Mandou-lhe a versalhada.
Leu-a a corista e deu muita risada.
Andou de mão em mão a poesia,
E foi lida por toda a companhia.
Alfredo, esse dormiu tranquilamente,
Aliviado e contente,
Durante a noite inteira.

Foi a esposa a primeira
Que da cama se ergueu. Eu cá duvido
Haja no mundo uma mulher casada,
Embora muito honrada,
Que não reviste os bolsos ao marido,
Quando este ainda se acha recolhido...

Tinha do Alfredo a esposa tais trabalhos,
E por isso encontrou os dois retalhos.

Quando ele despertou, ela, sorrindo,
Rosto sereno, olhar sereno e lindo,
      Lhe disse: – Finalmente,
      Alfredo, minha vida,
      Vais dar-me de presente
Um vestido de seda! Agradecida!
Que belas festas de princípio de ano!
Não imaginas como estou contente!
Ter um vestido assim era o meu plano!
Duas amostras vêm – naturalmente
Para escolher: pois bem… esta prefiro…

Depois daquele triste desengano,
O Alfredo enveredou no bom caminho,
E a senhora, modelo das honestas,
      Teve esse ano de festas
Um vestido de seda… Mal sabia
Que a uma corista reles o devia!

A ESCRAVA

Eu nasci lá na fazenda
De uma negra e do feitor.
Vim pequena para a corte,
Trazida por meu senhor,
E eu era em casa guardada
Como joia de valor.

Minha pobre mãe – coitada!
Deixei-a ficar na roça;
Tinha saudades da filha,
Mas, com medo de uma coça,
As lágrimas escondia
Na solitária palhoça.

Foi na palhoça que um dia
Meu pai irritado entrou,
E lhe bateu com o chicote…

Que ela dormisse julgou,
Desgraçada mãe, que mesmo
Depois de morta apanhou!

Eu não fui criada a esmo,
Conquanto fosse uma escrava;
Muitas vezes sinhazinha
Junto de si me assentava,
E me ensinava leitura
E a rabiscar me ensinava.

Era, porém, na costura
Que eu mostrava mais primor;
Vestidos fazia a ponto
De muita gente supor
Que eram obra da madama
Lá da rua do Ouvidor.

Não havia outra mucama
Com tão raros predicados!
Como eu engomava as rendas,
As pregas e os apanhados,
Do ferro levando o bico
Aos refolhos dos babados!

Era o meu senhor tão rico,
Tinha tantas relações,
Que não perdia um só baile,
Nem outras quaisquer funções,
E todas as quartas-feiras
Dava em casa reuniões.

Eram muito pagodeiras
Quer sinhá, quer sinhazinha:
De um baile mal descansavam,
Outro convite lá vinha!
E quem é que as enfeitava?
A boa da mulatinha!

Que trabalho isso custava!
Porém que satisfação
Quando, depois de vesti-las,
Dava a última demão,
Co'os alfinetes na boca,
Ajoelhada no chão!

E, como se fosse pouca
Maçada a minha maçada,
Pelas duas pagodeiras
Eu esperava acordada,
Porque tinha que despi-las
Às tantas da madrugada.

Depois, na alcova, tranquilas,
Eu e sinhazinha, a sós,
Deitadas, por ordem sua,
No leito dela ambas nós,
Ela, baixinho, com medo
De que lhe ouvissem a voz,

Me revelava em segredo
Quem no baile a requestara,

Qual fora o seu preferido
E quantas vezes dançara;
E naquelas frioleiras
Levava até manhã clara.

Num baile nas Laranjeiras,
Um moço que a namorou,
Depois de valsar com ela
Tão embeiçado ficou,
Que a pediu em casamento
Logo depois que valsou.

Tudo se fez num momento,
Pois não era um peralvilho
O moço: tinha futuro,
De outro ricaço era filho.
Que alegria, que festança!
Durante um mês que sarilho!...

Teve a noiva uma lembrança
Toda caridade e amor:
Minha carta de alforria
Pediu ao pai, meu senhor;
Mas ele não quis passá-la,
E disse de mau humor:

– Desejas alforriá-la?
Mostras não ser sua amiga!
No dia em que essa mulata
A liberdade consiga,

Dá logo em mulher à-toa!
Não percas a rapariga! –

Hoje ainda me magoa
Tão injusta opinião;
A virgindade no corpo
Eu tinha e no coração;
Nem a mais leve maldade
Me perturbava a razão.

Alcançando a liberdade,
Eu não daria em devassa,
Pois era trabalhadeira,
Nada tinha de madraça,
E ficar ali metida
Foi toda a minha desgraça.

Que já estava arrependida
Do casamento, uma vez
Me confessou sinhazinha,
Não era passado um mês...
Passados dous, que tristeza!
Que prantos, passados três!

Fiquei deveras surpresa
Ao seu primeiro gemido,
Pois achava aquele moço
Um excelente marido,
Delicado, atencioso,
Sempre muito bem vestido!

Logo ele viu, pesaroso,
Que ela não lhe tinha amor...
Durara aquele capricho
O que durara uma flor
Que a noiva um dia lhe dera...
Triste, efêmero penhor!

Eu era bela! Se o era!
Mais bela que sinhazinha!
Aqueles olhos travessos,
Aqueles olhos que eu tinha,
Neste mísero destroço
Já ninguém mais adivinha.

Um dia notei que o moço
Os meus encantos notou...
Não podem fazer ideia
Dos olhos que me deitou!
E desde aquele momento
De outro modo não me olhou...

Confesso que um sentimento
Estranho, novo, suspeito,
Aqueles olhos malditos
Gerou-me dentro do peito,
E eu evitar-lhe, mesquinha,
Não pude o tremendo efeito.

Uma noite sinhazinha
Foi ao teatro; ele não,

Que, fingindo uma enxaqueca,
Se valeu da ocasião...
Tinha a sua voz maviosa
Prodígios de sedução!

– Minha mulata formosa,
Nós somos ambos escravos...
Deus nos fez um para o outro:
Do amor sugamos os favos!
São desforras os meus beijos,
E os teus beijos desagravos!

Saciaram-se os seus desejos:
Fui vencida, ele venceu;
E, algum tempo depois disto,
Quem grávida apareceu,
Em vez de ser sinhazinha,
Fui – que escândalo! – fui eu!

Tudo, por desgraça minha,
Se descobriu. Fui surrada,
Nua do umbigo pra cima,
A um grosso tronco amarrada,
Eu tive a mimosa pele
Barbaramente lanhada!

Meu sedutor... que fez ele?...
Fugiu... a esposa deixou...
Porém, passado algum tempo
Ela mesma o procurou;

Como fora desdenhada,
Pela vez primeira amou.

Quanto a mim, desventurada,
Fui presa num velho quarto,
Padecendo mil tormentos
Até que tive o meu parto.
Meu Deus! eu quis, mas não pude
Matar meu filho –, mandar-to!

Meu senhor, coração rude,
Homem que nunca chorou,
A criança para a roda
Dos enjeitados mandou!
Que criminosa o seu crime
Tão caro como eu pagou?

Três dias depois, eu vi-me
Dentro de um carro atirada,
Como negra vagabunda
Por um soldado levada
Ao trem de ferro e à fazenda
Onde outra vez fui surrada!

Justos céus! que vida horrenda!
Era já outro o feitor;
Meu pai já não existia,
Mas existia o terror;
Não era menos malvado
O seu digno sucessor.

Deus me havia reservado
De minha mãe o destino;
Como enojada fugisse,
Aos beijos de um assassino,
Teve os beijos do vergalho
Meu triste corpo franzino.

Envelheci no trabalho,
Fui tarefeira exemplar;
Mas já não pego na agulha
Nem no ferro de engomar;
Já não visto uma senhora;
Já não sei nem soletrar!

Da fazenda para fora
Fui posta ao primeiro raio
Altivo, ardente, brilhante
Do sol de Treze de Maio,
E vim, trazendo somente
Molambos no meu balaio.

Foi deveras inclemente
Essa viagem que eu fiz,
Velha, andrajosa, faminta,
Por desertos e alcantis,
Até chegar à cidade
Do meu amor infeliz.

Áurea lei da liberdade,
Bendigo a piedade tua;

Mas é triste, muito triste
Ver-me doente e seminua,
Pelos moleques vaiada,
Pedindo esmolas na rua!

Sinhazinha inda é casada;
Há poucos dias a vi
Pelo braço do marido,
E logo os reconheci.
Como estão bem conservados,
E eu... eu como envelheci...

Já têm dois filhos formados...
O meu, que fim levaria?
Talvez na rua me encontre
E também de mim se ria;
Talvez até que se ofenda
Se lhe disserem um dia

Que eu, nascida na fazenda,
De uma negra e do feitor,
Sou sua mãe dolorosa,
E ele, a flor, a pobre flor,
A pobre flor melindrosa
Nascida do meu amor.

UM MÉDICO DA ROÇA

Aos vinte e um anos Tolentino Abrantes
Da vida a primavera desfrutava,
Figurando entre os piores estudantes,
    Pois que não estudava,
    Muito embora na Escola
De Medicina, que ele frequentava,
    Dissesse toda a gente
Ter ele muito fósforo na bola,
E ser, talvez, o mais inteligente
Da sua turma. O nosso rapazola,
Que dos paternos cabedais dispunha,
    Metendo-lhes a unha
Tão facilmente como se a metesse
Num fofo pandeló, não conhecia
    Da pobreza os açoites,
E, nesta vida tudo lhe sorria.
    Antes os conhecesse:
Na pândega não passaria as noites.

O pai, sujeito honrado,
Que no comércio havia enriquecido,
Foi por alguns amigos prevenido
Da vida que levava o seu morgado,
E corrigi-lo quis, mas era tarde,
Porém o velho, sem fazer alarde,
      Resolveu, de repente,
Suspender-lhe a pecúnia, declarando
      Categoricamente
Que só dinheiro lhe daria quando
Ele quisesse entrar no bom caminho,
E andasse "muito, muito direitinho".
   – Um meio há de o fazeres,
O bom pai aduziu: troca essa vida
      De festas e prazeres
Pela vida em família. A Margarida,
Filha do meu amigo Castro Mota,
Gosta muito de ti; é moça, é bela,
O pai é rico e certamente a dota.
Serás feliz casando-te com ela.
Esse o meio será de prosseguires
Nos estudos. O meu conselho segue,
      E olha: se o não seguires,
Para o diabo vai que te carregue!

Não foi para o diabo o nosso Abrantes,
Que, três meses depois desse conselho,
      Sendo embora um fedelho,
Sem conhecer do mundo as cambiantes,
Casado estava e muito bem casado.

Durante meses, no seu novo estado,
Foi dos maridos jovens o modelo:
      Fazia gosto vê-lo
Sempre ao lado da sua mulherzinha,
Que uma afeição puríssima lhe tinha;
      Mas, depois de formado,
(Sim, porque o moço conseguiu a beca),
Daquele dueto se sentiu cansado
      E fez coisas da breca,
– Tantas e tais, que Castro Mota, o sogro,
      Observando o malogro
Da ventura da filha amada, um dia
Não quis que ela nem mais uma semana
      Vivesse em companhia
      Daquele doudejana,
Que a deixava ficar sozinha em casa
Dias e noites, nem perdia vaza
De se exibir escandalosamente,
Com mulheres perdidas, nos lugares
      Onde havia mais gente,
      Sem dares nem tomares.
Carregou-a dali. – Pois satisfeito
(Podeis acreditar) ficou Abrantes
Quando, ao entrar, em passos vacilantes,
No seu quarto, lá pela madrugada,
      Achou vazio o leito
Onde a esposa devia estar deitada,
      E sobre o travesseiro
Um papel em que havia este letreiro:
"Vou para casa de meu pai." Mais nada.

O médico, durante alguns instantes,
        Pensou em Margarida...
– Fugiu? Melhor! É tão desenxabida! –
Era um patife Tolentino Abrantes.
Mas, como o pai do lado o houvesse posto,
E do sogro infeliz secasse a teta,
E doente nenhum fizesse gosto
Em recorrer à sua medicina,
Em breve Abrantes se apanhou sem cheta,
E passou existência bem mofina.

      Não tinha o pobre-diabo
O que fazer da vida, e já pensava
      Em dela enfim dar cabo,
Quando um roceiro, que na corte estava,
Propôs levá-lo para certa vila
      Ignorada e tranquila
Onde faltava um médico; podia,
      Senão fazer fortuna,
Pelo menos ganhar grossa maquia.

      A proposta oportuna
Abrantes aceitou; foi para a roça,
Quinze anos respirou, num mundo à parte,
O oxigênio do mato, que remoça,
      E, aprendendo a sua arte
No corpo dos escravos, nas fazendas,
      Afinal ganhou fama
De haver feito umas curas estupendas,
Moribundos erguendo até da cama!

Regenerou-se. O ver constantemente
      As moléstias alheias,
Fez-lhe voltar o coração ausente,
      Deu-lhe boas ideias;
      Tinha Abrantes agora
Fundos remorsos do viver de outrora.

      Sim, quinze anos esteve
Naquela redondeza. Um dia, teve
Desejos de ir à capital do Estado,
A fim de espairecer o seu bocado,
E, indo ao teatro, viu num camarote
Uma linda mulher; impressionado,
      Pretendeu dar-lhe um bote:
Subiu ao corredor dum intervalo...
      Qual foi o seu abalo,
      Reconhecendo nela,
Vista de perto, a pobre Margarida,
Que não lhe pareceu desenxabida!
Muito mais gorda, mas também mais bela
Estava. O porte altivo e majestoso,
Lânguido o olhar velado e misterioso...
Tão formosa não era a própria Vênus!...
      Que singular acaso!
Surpreso ele ficou; pudera! – o caso
      Não era para menos.

– Gosta dela, doutor? disse-lhe, rindo,
Um conhecido que passava. – Gosto.
– Não se lhe dava de a apanhar, aposto!

Anjo não há mais lindo!
Pois bem, tire daí o pensamento:
É casada. – Casada? – Sim, casada!
O marido não tarda aí um momento:
        É engenheiro da Estrada.
Há dias aqui estão, vindos do Rio. –
Outro indivíduo, tipo de vadio,
Que passava também parou e disse:
        – Casada? Que tolice!
        Eles não são casados!
O marido era um médico: deixou-a
E nunca mais nem novas nem mandados
        Deu da sua pessoa.
        Depois de abandonada,
Ela viveu com o pai pura e honrada.
Mas o velho morreu; ela, coitada!
Do engenheiro gostou, e não podendo
        Casar-se, ficou sendo
        A mais fiel das amantes.

        Foi para o hotel Abrantes,
        E, na manhã seguinte,
        No trem das seis e vinte
Para a roça voltou, bem castigado
        De todo o seu passado.

Hoje ele é morto, e é ela a esposa amada
        Do engenheiro da Estrada.

O COPO

Era uma noite de São João. João Canto,
    Que era um João prazenteiro,
    Não olhava a dinheiro:
Todos os anos festejava o santo,
    Que andou pelo deserto,
    O corpo mal coberto,
A comer gafanhotos, e, ao que julgo,
Foi santo melancólico, e, no entanto,
    Passa aos olhos do vulgo
Pelo mais brincalhão do calendário.

Naquela noite, em casa do João Canto,
Que era um velho e zeloso funcionário,
    As gárrulas visitas
    Entravam aos rebanhos:
Moços e velhos, homens e mulheres,
Muitos rapazes, muitas senhoritas,
E crianças de todos os tamanhos.

– Estás tu como queres!
Dizia dona Andreza, a esposa amada
       Do João, contrariada
Por ver a casa assim, cheia de estranhos;
Porém a filha do casal, Ritinha,
Que dezessete primaveras tinha,
Passava o ano inteiro desejosa
De que chegasse a noite venturosa
Do vinte e três de junho.

Nas aproximações da festa havia
       Em casa muita faina
       Do brasileiro cunho;
Tanto davam às mãos, como às ideias,
A fim de preparar a comezaina
Com que o bandulho aquela gente enchia.
Eram doces de vinte variedades,
Pudins, bolos, compotas e geleias,
Pitéus de forno em grandes quantidades
       E não menos modesta
Era a abundância de bebida: havia
Cervejas, vinhos e licores finos:
Anisete, Cacau, Beneditinos!

Mas a maior despesa dessa festa
       Era a que o João fazia
Enchendo um grande quarto de bichinhas,
Bombas, pistolas, busca-pés, rodinhas,
E o mais que tem criado o interessante
Engenho pirotécnico. Centenas

Havia de balões, que, a cada instante,
Majestosos, inchados, atrevidos,
Subiam do ar às regiões serenas,
De altívolos foguetes perseguidos,
Entre assobios e hórridos rugidos,
E ao som do "Viva São João!" gritado
      Pela voz cristalina
Da multidão alegre e pequenina.
E num espaço adrede preparado
      Em frente à casa, ardia
Uma fogueira imensa, crepitante,
Enquanto no alto céu se desfazia
O seu penacho rubro e chamejante.

Dona Andreza, insensível à poesia
Dos costumes que herdamos do passado,
      Suspirando, dizia:
– Quanto dinheiro, santo Deus, queimado! –

      A formosa Ritinha
      Dois namorados tinha,
Alberto e Alfredo, ambos autorizados
A pedi-la ao João Canto em casamento.
      Tendo dois namorados,
      Era o seu pensamento
      Que é coisa assaz prudente
      Em tudo nesta vida
      Ter um sobressalente,
      Prevenindo-se a gente
      Contra qualquer partida;

Mas o caso é que andava a dois carrinhos;
Como, entretanto, um coração não pode,
Tratando-se de amor, os seus carinhos
      Dividir igualmente
E fazer com que tudo se acomode,
      A donzela imprudente
Gostava mais do Alfredo que do Alberto.

      O Alfredo era, de certo,
O mais digno de ser por ela amado;
Era um rapaz muito morigerado,
Caráter de ouro, coração aberto,
Estimado por toda a gente séria,
E, pela sua educação, munido
Contra o negro fantasma da miséria;
Ao passo que o Alberto era um perdido:
Ignorante, vadio, sem futuro,
Que quase aos trinta aos trambolhões chegara
      Sem na vida achar furo:
      Mas... tinha boa cara,
E boas roupas, e era petulante,
E o Alfredo um modesto, um hesitante,
Que de tudo e por tudo tinha medo.

Naquela festa de São João, o Alfredo,
      De ciúmes ralado,
Por ver o seu rival considerado,
As penas da sua alma sofredora
Num canto do quintal esconder fora,
Que, apesar da fogueira, estava escuro,

– Quando viu a Ritinha,
Pé ante pé, sozinha,
Vir de casa, chegar junto de um muro,
Sobre o rebordo deste
Pôr um objeto que na mão trazia,
E voltar para dentro. O moço investe
Contra o muro. Quer ver! É curioso,
E um aumento prevê à sua mágoa!...
Risca um fósforo. Um copo! Um copo d'água
Dentro do qual flutua
Alguma coisa branca... É clara de ovo...
Ritinha espera uma abusão do povo –
Que aquele copo de destino a instrua.

O magoado galã percebe tudo,
E despeja do copo o conteúdo;
Volta à casa, e, do João no gabinete,
Acha pena e papel, traça um bilhete,
Dobra-o bem dobradinho, e num momento
Vai deitá-lo no copo que ao relento
Há de a noite passar.

Não há quem pinte
Da moça o espanto na manhã seguinte,
Quando o seu copo d'água achou vazio,
Sem esquife, sem cama, sem navio,
Mas co'um bilhete – oh, céus! caso estupendo! –
Que ela tremendo abriu, e leu tremendo:

"Mulher, por quem de lágrimas, mofino,
O travesseiro confidente ensopo,

Não busques perscrutar o teu destino,
Em clara de ovo dentro deste copo!
Serás feliz, recompensando o afeto
Que te consagra o Alfredo, que te adora
E quer que o teto seu seja o teu teto
E ter em ti, meu bem, dona e senhora!"

No São João seguinte a casa tinha
Ainda mais animação e brilho,
Pois batizava-se o primeiro filho
        Do Alfredo e da Ritinha.

CONFIDÊNCIAS

Diálogo cômico entre as senhoritas Leonor e Teresa, que entram, uma da esquerda, outra da direita, ambas tristes e lacrimosas.

LEONOR
Teresa, por que estás triste?

TERESA
Por que estás triste, Leonor?

LEONOR
Essa mágoa em que consiste?

TERESA
Em que consiste essa dor?

LEONOR
Suspiras constantemente!

TERESA
Estás sempre a suspirar!

Leonor
Tu, que eras tão sorridente!

Teresa
Tu, que eu nunca vi chorar!

Leonor
As tuas mágoas, Teresa,
Confia ao meu coração.

Teresa
As causas dessa tristeza,
Leonor, dize-me quais são.

Leonor
Repetes o que te digo,
E não respondes, bem vês!

Teresa
Mas eu também não consigo
Que uma resposta me dês!

Leonor
Perguntas por que estou triste,
E estás mais triste do que eu!

Teresa
Do meu enfado inquiriste,
E o teu é maior que o meu!

Leonor
Por que por um mal indagas
Que não te é dado sanar?

Teresa
Por que queres ver as chagas
Que tu não podes curar?

Leonor
Quem sabe se um lenitivo
Às tuas dores trarei?

Teresa
Ao menos um paliativo
Às tuas mágoas darei!

Leonor
São minhas mágoas daquelas
Que paliativos não têm!

Teresa
E as minhas dores são elas
Inconsoláveis também!

Leonor
Não querem talvez levar-te
Ao baile do dia um...

Teresa
Não! – eu vou a toda a parte;
Não falto a baile nenhum.
– Teu pai não foi convidado
Para esse baile, talvez...

Leonor
Um convite delicado
Tivemos há mais de um mês,

– Mas para o baile, faceira,
Toilette nova não tens?

TERESA
Já lá está na costureira.

LEONOR
Aceita os meus parabéns.
– Um vestido te negaram?
Essa é a causa do teu mal?

TERESA
Pelo contrário: mandaram
Fazê-lo ao *Palais Royal*.

LEONOR
Mas algum outro capricho
Contrariado, não é?

TERESA
Não acertaste no bicho?
No bicho perdeste a fé?
– Caprichos! pois disso trato?

LEONOR
Tenho palpites de truz:
Anteontem ganhei no gato,
Ontem ganhei no avestruz!

TERESA
Nesse caso, não percebo
Dessa tristeza a razão!

LEONOR
O motivo não concebo
De tão estranha aflição!
Conta-me a tua tristeza!

TERESA
Confia-me a tua dor!

LEONOR
Sou tua amiga, Teresa!

TERESA
Sou tua amiga, Leonor!

LEONOR
Se eu te disser o que sinto...

TERESA
Se o que sofro eu te disser...

LEONOR
Julgarás talvez que minto...

TERESA
Não suspeitarás sequer... (*depois de se certificar de que estão sozinhas*)
Toda a discrição reclamo.

LEONOR
Guarda segredo.

TERESA
                Pois bem:
Eu amo!

LEONOR
Também eu amo.

TERESA
E sou amada!

LEONOR
Eu também!

TERESA
Eu amo um bonito moço!

LEONOR
Eu amo um belo rapaz!

TERESA
Amo-o com todo o alvoroço
De que minh'alma é capaz!
Ele é tão inteligente!

LEONOR
Tanto talento ele tem!

TERESA
É de tal modo eloquente!

LEONOR
Sabe exprimir-se tão bem!

TERESA
Alto, moreno, bem-feito…

LEONOR
Os mesmos sinais te dou…

TERESA
Formou-se há pouco em direito.

LEONOR
Há pouco o meu se formou.

TERESA
Que coincidência! Ora essa!

TERESA
Amamos dois bacharéis!

TERESA
Seu nome? Dize depressa!

LEONOR
Chama-se Alberto Vergeis.

TERESA
Vergeis! Alberto! É lá possível! Mentes!
É o meu amado, ouviste?
E se há pouco me viste
Contendo as minhas lágrimas ardentes,
Desesperada, lacrimosa e triste,
Foi por ter recebido ainda agora
A notícia de que ele foi nomeado
Juiz municipal aí pra fora,
E vai partir mais dia menos dia!

LEONOR
Queres zombar de mim? O meu amado,
Ar que respiro, sol que me alumia,

Meu noivo, meu futuro,
Também Vergeis se chama, afirmo e juro!
E, se estou triste assim, é que ele deve
Para o destino seu partir em breve,
Pois é juiz municipal na roça!

TERESA
Que situação a nossa!
Leonor, uma de nós vive iludida!

LEONOR
Teresa, uma de nós anda enganada!

TERESA
Tenho certeza de que sou querida!

LEONOR
Tenho certeza de que sou amada!

TERESA
De um impostor és vítima!

LEONOR
Não creio;
Se uma vítima existe, és tu, suponho!

TERESA
Não será isto um sonho?

LEONOR
Um pesadelo não será?

TERESA

Receio
Pois que tão novas, tão ingênuas somos,
Que tanto eu como tu logradas fomos!

LEONOR

Ah! eu tenho comigo
Um documento real de quanto digo!

TERESA

E eu tenho aqui também, por f'licidade,
Uma prova de que falei verdade. (*cada uma
delas tira uma fotografia do bolso*)
É o seu retrato!

LEONOR
(*comparando-os*)

Iguais!

TERESA

Iguais! É certo!

LEONOR

Quem to mandou?

TERESA

Foi ele, o próprio Alberto.

LEONOR

Das suas mãos o recebi.

TERESA
Das suas?
Eu vejo que iludida
Não fui eu só, nem tu: fomos as duas.

LEONOR
É o desgosto maior da minha vida!

TERESA
Lê a dedicatória.

LEONOR
Conta-nos, com certeza, a mesma história.
(*lendo*)
"À minha noiva Teresa…

LEONOR
(*lendo*)
"À minha noiva Leonor…

TERESA
(*lendo*)
"Penhor da minha firmeza…"

LEONOR
(*lendo*)
"Protesto de meu amor."

TERESA
Dedicatórias e fotografias
São dos mesmos clichês. (*ri-se*)
Oh! não te rias!

LEONOR
O tratante jurou que meu marido
Seria quando fosse promovido...

TERESA
A juiz de direito. Igual promessa
Me fez a mim!

LEONOR
Que logração!

TERESA
Que peça!
Mas não nos agastemos,
Que o coisa ruim não vale tais extremos,
Mandemos-lhe uma dúzia de ironias
Em carta que ambas assinar devemos.

LEONOR
E devolvamos as fotografias.

TERESA
E procuremos outros namorados!
É a vingança melhor! Valeu?

LEONOR
Valeu;
Porém tenhamos todos os cuidados:
Que o meu seja meu só e o teu só teu.

O MARIDO, A MULHER E O OUTRO

      O Secundino Arantes
Era um marido cômodo: a senhora
Tivera quatro, cinco ou seis amantes,
      E o desgraçado, embora
O soubesse, faltando-lhe energia,
Caladinho ficava e não reagia.

      Vivia escravizado;
      Amava-a, achava-a bela;
      Estava acostumado
      Àquilo, e não podia
Outra vida viver senão aquela.

      Entretanto, num dia
Em que um tal Souza, o derradeiro amante,
Nos adúlteros braços esquecido,
Se deixou surpreender pelo marido,

Este, que, até tão malsinado instante,
Tudo embora sabendo, nada vira,
    Teve um acesso de ira!

Para que o seu furor deixasse traços
(Assim um pusilânime se vinga!),
Lançou ao chão e fez em mil pedaços
    Uma infeliz moringa;
Saiu de casa, e da mulher infida
Se separou definitivamente.

Só depois de três meses, convencida
Ela ficou de que o marido ausente
Nunca mais voltaria. O Souza, o amante,
Que, esperando também que ele voltasse,
Não contava com esse desenlace,
    Teve, de então por diante,
Que aguentar – pobre Souza! – aquela carga
Que jamais figurou no seu programa.
Não larga um cavalheiro a sua dama
Quando, por causa dele, o esposo a larga.
    Foi cavalheiro o Souza.

Tu farias, leitor, a mesma cousa,
Se estivesses no rol desses peraltas
Metidos em cavalarias altas,
E um dia fosses, como um sevandija,
Apanhado co'a boca na botija.

O desditoso Secundino Arantes
Nunca mais teve um'hora de ventura;

Ele, tão ledo, tão alegre dantes,
Só desejava agora a sepultura;
      Se coragem tivesse,
      Ou se soubesse
      Onde ir buscá-la,
      Talvez fizesse
      Com que uma bala
Cabo da vida estúpida lhe desse!

Viveu assim seis meses, e à medida
Que os tempos tristemente se passavam,
Mais e mais na sua alma se avivavam
Fundas saudades da mulher querida.

Gastava a pensar nela o dia inteiro,
Durante toda a noite a via em sonhos,
E acordava a soltar gritos medonhos,
Abraçando e beijando o travesseiro!

Um dia, finalmente, subjugado
Por uma ideia impávida, constante,
Resolveu ir passar pelo sobrado
Em que a mulher morava com o amante...

Quatro vezes passou por lá sem vê-la;
Porém, à quinta vez, quando passava,
Viu que à janela a pérfida se achava,
E foi como se vira a sua estrela!

À sexta vez ele cumprimentou-a,
      E foi correspondido;

À sétima sorriu-lhe, namorou-a,
Namoraram-se ambos, e o marido
Durante um longo mês passou por ela,
    Que o esperava à janela!

Escreveu-lhe, afinal, uma cartinha,
Pintando ao vivo o eterno amor que tinha,
    Pedindo uma entrevista
Com o mesmo empenho com que suplicara
A vida um moribundo, um cego a vista.

Morta por isso andava a esposa cara.
    Estava o nosso Arantes
A sós com ela, como dois amantes,
Quando o dono da casa, de repente,
Subiu a escada inesperadamente.
– Oh! diabo! é o Souza! Esconde-te depressa!
    – Eu esconder-me! Homessa! –
Ele abre o guarda-roupa, e ele, tremendo,
Para evitar um incidente horrendo,
Esconde-se.
    Entra o Souza, e desconfia:
Ela nervosa está, tem a mão fria,
    E o guarda-roupa geme...
Suando em bicas, Secundino treme,
Entre calças e saias, sufocado
Por um cheiro de cânfora, coitado!...
– Quem está dentro daquele guarda-roupa?
    Pergunta à queima-roupa

O Souza, e, vendo que ela não responde,
Abre o móvel...
      – Senhor, por que se esconde?
Deve ficar aqui bem assentado
    Que o marido enganado
É o senhor e não eu! Saia pra fora!
    Aqui tem a senhora:
Ela é sua e não minha, Deus louvado! –
E, dizendo isto, o Souza foi-se embora.
    Final coerente,
    Que satisfez
    Completamente
    A todos três.

A TOALHA DE CRIVO

I

Fica entre alegres colinas
E matizados verdores
A freguesia das Dores
No fim dos sertões de Minas.

Muitos anos são passados
Que essa obscura freguesia
Duzentos fogos teria,
Muito por alto contados.

Gente que mais se acomode
Nunca se viu noutra vila:
Agitá-la e desuni-la
Nem a política pode.

Como se dar o contrário?
A população devota
Num candidato não vota
Sem consultar o vigário.

Aos domingos (nenhum crítico
Há que isso ao pároco improve),
Depois da missa das nove
Há sempre sermão político.

Por isso, cada habitante
É do partido do padre,
E este, embora o mundo ladre,
É sempre do dominante!

E graças a tão profundo
Sistema é que a freguesia
'Stá de perfeita harmonia
Com Deus e com todo o mundo.

Da polícia o delegado,
Envelhecido co'a vara,
De vez em quando prepara
Lá um ou outro atestado,

E a essa formalidade,
Cavaco do honrado ofício,
Reduz-se todo o exercício
De uma longa autoridade.

Porém o que, sobretudo,
Dos outros povos distingue
Povo tão pouco bilíngue,
É crer em tudo e por tudo.

Que diga o pároco velho
Embora diga tolice.
É como se a vila ouvisse
Falar o próprio Evangelho!

II

O interessante motivo
Ides saber, meus leitores,
Porque a Senhora das Dores
Teve uma toalha de crivo.

Há seis meses que era morto
Um moço da freguesia,
Deixando a pobre Maria
Viúva, prenhe e sem conforto.

Entre nuvens de alfazema
Teve Maria uma filha,
Melindrosa redondilha
Que prometia um poema.

Mas do mal-de-sete-dias
Fica doente a pequerrucha,

Maternas tetas não chucha;
Descem-lhe as pálpebras frias.

A indefectível parteira
Incontinente chamaram:
– Quebranto que lhe botaram!
Diz a velha, mezinheira.

A mãe, debulhada em pranto,
Roga a Deus que ao anjo acuda,
E a parteira pede arruda
Para tirar o quebranto.

Asneiras não eram ditas,
Entra na casa um sujeito,
Homem grave e de respeito,
Que tem maneiras bonitas.

É um médico da roça,
Esculápio de encomenda,
Que, de fazenda em fazenda,
Obituários engrossa.

À vontade dos fregueses
O infatigável charlata,
É alopata, é homeopata,
E é dozimétrico às vezes.

Passei aqui por acaso...
Deixem-me ver a menina,

Diz ele. É tão pequenina!
Parece grave este caso.

De despeitada, a parteira
Os lábios, sorrindo, ajusta,
Mal sabendo quanto é justa
Essa curva zombeteira.

Ausculta o doutor; discorre,
E, enfim, prepara a botica...
Mas a criança imóvel fica;
Abre os olhinhos... e morre.

A mãe, coitada! não sabe
Que está morta a pequenita...
Dizem-lho; não acredita
Que o seu lindo sonho acabe,

E grita com voz sonora:
– Se me dás este anjo vivo,
Tens uma toalha de crivo,
Ó minha Nossa Senhora!

III

Enche-se a casa de gente.
Visitas e mais visitas.
Caras as mais esquisitas
Entram animadamente.

Fazem berreiro as mulheres.
Só não chora uma vizinha
Velha, velha, bem velhinha
Dizendo à mãe: – Que mais queres?

E és bem feliz, minha rica!
É uma felicidade
Quando elas *vai* nessa idade
E aqui no mundo não fica!

Oh, criatura serôdia,
Que a Morte esqueceu no mundo,
Tens, do espírito no fundo,
Mais egoísmo que prosódia!

Maria também não chora
E a todo o instante começa
A repetir a promessa
Que fez a Nossa Senhora.

Uma sinhá caridosa
O mimoso anjinho beija
E deita-o numa bandeja
Cheia de folhas de rosa.

A bandeja é colocada
Depois no centro da mesa,
E vem uma vela acesa,
Pelo vigário mandada.

Hirto, branco, ensanguentado,
Com o seu resplendor de prata
Os corações arrebata
Um Cristo crucificado.

E da viúva o olhar fixo
A todos estar parece
Acompanhando uma prece,
Cravado no crucifixo.

Mas de repente expectora:
– Se vejo este anjinho vivo,
Tem uma toalha de crivo
Tua Mãe, Nossa Senhora!

IV

Eis que chega a hora do enterro,
Já está metido o corpinho
Num pobre caixão de pinho
Com quatro argolas de ferro.

Com ar de muito critério,
Todas de vestidos brancos,
Quatro meninas, aos trancos,
Conduzem-no ao cemitério.

Na frente o nédio vigário
Os passarinhos espanta

Pelo vigor com que canta
O latim do seu breviário.

Quando o caixão, entretanto,
Os umbrais transpõe da porta,
Maria tudo suporta
Sem desperdício de pranto,

E mais uma vez implora:
– Se me dás este anjo vivo,
Tens uma toalha de crivo,
Ó minha Nossa Senhora!

V

Lá vai um ano, leitores.
Na matriz branca, e modesta,
Realiza-se a grande festa
Da Santa Virgem das Dores.

De pétalas recamada,
Por baixo da Eucaristia,
Vê-se a toalha de Maria,
Rija de tão engomada.

Não chega pras encomendas
O pároco atencioso,
Que a todos mostra, garboso,
O trabalhado das rendas.

Bimbalha o sino festivo.
Com um olhar doce e magoado,
A Virgem, do altar doirado,
Envolve a toalha de crivo.

Entra na igreja a viuvinha,
E vem com ela a parteira,
Que traz, muito prazenteira,
Ao colo uma criancinha.

Ao seu encontro, apressado,
Vai o padre sorridente.
Enche-se a igreja de gente,
Celebra-se o batizado.

Toma o caminho da porta
O povo, mas o vigário
O silêncio do santuário
Com estas palavras corta:

– Meus filhos, Nossa Senhora
Olhou uma maravilha
Dando a Maria essa filha
Que batizei ainda agora.

A criança ressuscitada
É – misterioso arcano! –
A mesma que, faz um ano,
Morreu e foi sepultada!

A Virgem disse-lhe um dia:
"Este milagre proclama
Por salvar a boa fama
Da boa e pura Maria."

Fique, portanto, inteirado
O povo, que esta menina
Foi, por vontade divina,
Concebida sem pecado!

E porque de peçonhentos
Mais tarde não seja vítima,
Vou como filha legítima
Pô-la nos assentamentos.

VI

Contra o caso extraordinário
Protestar ninguém lá ousa,
Pois a verdade da coisa
Só sabe a mãe... e o vigário.

E aí está contado o motivo,
Aí está, meus caros leitores,
Porque a senhora das Dores
Teve uma toalha de crivo.

DONA ENGRÁCIA

Dona Engrácia fizera cinquenta anos,
    Mas a todos dizia
(Como se algo valessem tais enganos)
Que trinta e seis não mais completaria
A vinte e seis de abril. Toda a cidade,
Que estes casos malévola comenta,
    Dizia à puridade
Que nem a pau a mísera senhora
Queria entrar na casa dos quarenta.

    Era viúva. Outrora
    Junta ao esposo brilhara,
Mas nesse tempo tinha melhor cara,
    Não pintava o cabelo,
A sua dentadura era um modelo,
    E o seu rosto não tinha
    Tantos pés de galinha.

Fora o marido um homem de juízo,
Mas deixou-lhe, ao baixar à terra fria,
    Apenas o preciso
Para viver com muita economia.
Dona Engrácia era só! Nem um parente
    No mundo conhecia.
Tinha tido um irmão, antigamente,
Praticando não sei que falcatruas,
Fugira para a América do Norte,
E nunca mais dera notícias suas,
Nem soube a irmã qual fora a sua sorte.

O isolamento a certas almas serve:
Edifica, avigora, fortalece;
Faz com que o coração a flor conserve
Da mocidade que desaparece;
A outras almas não serve: um'alma fraca
Co'a triste solidão não se conforma;
Sofre uma agitação que nada aplaca
Nem suaviza, e logo se transforma.

    Dona Engrácia queria
Outro marido achar, e esta mania,
    A mais perniciosa
Que pode entrar numa cabeça idosa,
Cobriu-a de ridículo, coitada!

A princípio mostrou-se apaixonada
Pelo primeiro poeta da cidade,
Que dos seus anos tinha só metade;

Mas o mancebo, frio e desdenhoso,
Riu-se daquele amor de velha tonta,
E um soneto lhe fez tremendo e iroso,
Que andou de mão em mão, de ponta a ponta.

Vendo que o poeta não correspondia
Àquele fogo, àquela pertinácia,
Apaixonou-se a pobre dona Engrácia
Por um tenente de cavalaria.
Foi uma troça no quartel! Tamanha,
    Que o tenente, irritado,
Quis ser do batalhão desagregado,
E outra terra buscar, embora estranha.

Mas dona Engrácia não desanimava
    Por feri-la, Cupido,
Todas as setas empregou da aljava...
Ela, entretanto, não achou marido.

Desenganada, enfim, pelos rapazes,
    Atirou-se aos velhotes,
Que seriam, pensava, mais capazes
    De apreciar os seus dotes.

    Um conselheiro austero,
    Juiz aposentado,
    Foi até obrigado
A tratá-la de um modo bem severo.

    Afinal, dona Engrácia,
Dos seus esforços vendo a ineficácia,

Resolveu entregar-se ao isolamento,
E nunca mais pensou em casamento.

Alguns meses, porém, depois, retumba
        Como uma bomba –, bumba!
      A notícia da morte
Do irmão da velha que esquecido estava
        Na América do Norte
E dois milhões de *dollars* lhe deixava!

Ninguém calcula da notícia o efeito!
       Que cenas de teatro!
Não tinha dona Engrácia um só defeito!
Ela até aumentava a idade: tinha
Trinta e dois anos; aumentava quatro
Não havia no mundo outra viuvinha
Que os seus encantos naturais tivesse!

        Ah! se o poeta pudesse
        Negar haver escrito
        O soneto maldito!
        Como se arrependia
O tal tenente de cavalaria!
        O próprio conselheiro,
        Vendo tanto dinheiro,
As orelhas torceu! – E a milionária,
Examinado os oferecimentos,
Poderia, co'a calma necessária,
Um marido escolher entre duzentos.

Não escolheu nenhum. Lição tão crua
Aproveitou-lhe. Percorreu a Europa.
Voltando à pátria, fez-se filantropa.
    E os pobres, felizmente,
Também gozaram da riqueza sua,
Que as lágrimas secou a muita gente.

A MAIS FEIA

As Penafortes eram três: a Joana,
  A Leonor e a Laurinda.
  A Joana era mui linda;
  Altivez soberana
Tinha, no olhar, no caminhar, no porte;
  Dir-se-ia uma princesa,
Se o pai dela não fosse o Penaforte,
  Cuja honrada pobreza
  Foi pública e notória.

Era a Leonor também muito bonita,
  Da estranha boniteza
Que, em cada olhar cantando uma vitória,
Olhos encanta e corações agita.

Poderia dizer-se que a beleza
Era naquela casa obrigatória,

Se a Laurinda, das manas a mais nova,
        Não fosse muito feia,
      O que prova (ou não prova)
Que à equidade é a natureza alheia.

A inditosa Laurinda, todavia,
Tinha tal graça e tanta simpatia,
        E tão bonitos dentes,
Que os da família amigos e parentes
        Todos gostavam dela;
Só o Penaforte não lhe perdoava
       Não ser, como as irmãs, bela
E com menos carinhos a tratava.

      A Leonor e a Joana
Vestiam do melhor, quase com luxo:
        Era rara a semana
        Em que perdiam festa,
Embora o pai se visse atrapalhado,
       Era aguentar o repuxo.
A Laurinda calava-se, modesta,
Até sorria de um sorrir magoado,
E vestia as irmãs, e as enfeitava,
Qual noutros tempos a mucama escrava.
– Fica em casa! – dizia o Penaforte.
Que irias lá fazer se te eu levasse? –
E às outras em voz baixa acrescentava:
– Com tal cara não há quem na suporte!
Meninas, a *vox populi* falace
       Diz que os filhos mais feios

São pelos pais os filhos preferidos.
A tal proposição não deis ouvidos,
      Pois em todos os meios
O contrário se vê; sempre a beleza
A preferida foi pelos humanos,
Gemesse embora a fraca natureza! –
As duas, caracteres levianos,
      A irmã não defendiam;
Dos seus defeitos físicos se riam;
Apenas aturavam-na, coitada,
Porque ela lhes servia de criada.

A duas raparigas tão bonitas
Não faltavam, 'stá visto, pretendentes:
Andava a casa cheia de visitas
E a rua de transeuntes persistentes;
Mas as moças vaidosas não achavam
Nem nos que entravam, nem nos que
      [passavam,
Nenhum noivo que fosse digno delas:
Uns eram gordos, outros magricelas;
Este vestia mal, fora da moda;
Aquele era o contrário: um figurino;
Este não pertencia à boa roda;
Aquele sim, mas era um libertino;
Enfim, por pretendentes infinitos
Foram pedidas não sei quantas vezes,
Mas, por não terem os seus namorados
      Tais e tais requisitos,
      Com frases descorteses,

Um por um, foram todos rejeitados,
Inclusive também o Rodovalho,
Moço elegante, ajuizado e puro,
    Muito dado ao trabalho.
    Verdade é que era pobre,
    Mas, talvez, no futuro,
    Lhe deixasse algum cobre
Um tio velho e cheio de dinheiro,
    Que estava no estrangeiro
E era – inda mais! – do Penaforte antigo
    E muito bom amigo.

O Rodovalho requestou a Joana
E depois a Leonor em pura perda;
À vista dessa empáfia desumana,
Ninguém mais se atreveu a requestá-las.
Vendo-se o velho em posição esquerda,
    Sempre metido em talas
Pra sustentar o luxo das pequenas,
Receou que, passando-se mais dias,
Elas ficassem ambas para tias,
    E fez-lhes um discurso,
    Dizendo-lhes: – Meninas,
Casar-vos é o meu último recurso;
Se continuais fazendo-vos tão finas,
Tornais-me esta existência muito amarga,
E um dia destes eu arrio a carga! –
Elas mostraram-se ambas obedientes,
Tornando-se, da noite para o dia,
Em vez de pretendidas, pretendentes.

Mas eis que um belo dia
Recebe Penaforte
A notícia da morte
Do amigo no estrangeiro,
O qual em testamento
Deixava o Rodovalho por herdeiro,
Porém se contraísse casamento
Co'a Leonor, co'a Joana, ou co'a Laurinda.
O rapaz ficou muito consternado,
Que a nova foi bem-vinda e foi mal-vinda,
Mas aceitou a deixa
Sem protesto nem queixa,
Mesmo porque, se houvesse recusado,
Todo aquele dinheiro passaria
Para uma casa pia.

A Leonor e a Joana
Pularam de alegria,
Pensando cada qual que entre ela e a mana
O Rodovalho não hesitaria.
Este avisou o velho Penaforte
Que no domingo visitá-lo iria,
A fim de decidir-se a sua sorte.
As duas raparigas,
Que desfaçadamente, sem disfarce,
Já pareciam velhas inimigas,
Olhando-se com olhos iracundos
E evitando falar-se,
Noite e dia passaram agitadas
E desassossegadas,
Contando horas, minutos e segundos.

Chegou, enfim, o rico Rodovalho,
        O futuro marido,
        E logo recebido
Foi pelo velho e as duas, que a Laurinda,
Essa era carta fora do baralho...
        Antes da história finda,
Adivinham ter sido pelo moço
        Escolhida a mais feia.
Assim foi, realmente. Que alvoroço.
        Afirmo-lhes que ainda
A Leonor chora e a Joana sapateia.

O NOVO E O VELHO

I

Rosa casara-se aos dezesseis anos,
Antes de entrar definitivamente,
Neste mundo choroso e sorridente,
Cheio de enganos e de desenganos.
O marido, homem prático, metido
Em mil negócios, cada qual mais grave,
Daquele coração não tinha a chave...
    Imprudente marido!
Longe dela passava todo o dia,
Não almoçava nem jantava em casa.
E quando à noite, ao triste lar volvia,
Um sono só das nove às seis dormia.

Certo leão, que não perdia vaza,
    Quando no seu caminho

Encontrava mulher inexperiente,
Casada com marido sempre ausente,
Quis perturbar a paz daquele ninho;
Ele era um cidadão desocupado,
Um tal Solano. Tendo, aliás, chegado
Aos trinta e cinco, inda vivia às sopas
De uma velha abastada, sua tia,
    E de nada entendia
A não ser de mulheres e de roupas.

Rosa, porém, mostrou-se, nobremente,
Esposa fiel aos conjugais deveres,
Não se deixando seduzir de pronto
    Por ignóbeis prazeres,
E o sedutor à sedução fez ponto.

Mas, por desgraça, tinha um primo Rosa,
Da sua idade pouco mais ou menos...
Brincaram juntos quando eram pequenos,
    Na estação descuidosa,
    Em que tudo são flores
    E o riso é um privilégio.

Ainda estava o primo no colégio,
    Mas, desde que podia
Um momento furtar, logo corria
Para casa da prima, a visitá-la.

    Ambos eles sentados
    No canapé da sala,

Dedos entrelaçados,
O olhar saudoso fito
No vago, no infinito,
Suspiravam lembranças
Das suas travessuras inocentes.

Deixar ficar sozinhas as crianças
É das coisas que eu sei mais
                  [imprudentes...
Aquelas entrevistas dos priminhos
Acabaram naquilo que – pudera! –
O leitor maliciosamente espera:
Passaram das palavras aos carinhos,
    Dos carinhos aos beijos,
E a tudo mais que apaga os maus desejos.

    A mãe-preta de Rosa,
    Uma ex-escrava idosa,
Que a amava muito e a desejava honrada.
Ficou deveras escandalizada;
Porém a moça, leviana e tonta,
    Fazendo uma pirueta,
    Lhe disse: – Ora, mãe-preta!
Ele é tão novo que não entra em conta!

Graças a Deus, o primo venturoso
Partiu pouco depois para o Recife.
    Nunca mais o patife
Da prima se lembrou. Quando, orgulhoso,
Voltou à terra bacharel formado,
Co'uma pernambucana era casado.

II

Passaram-se vinte anos. O marido
De Rosa, sendo, aliás, tão operoso,
Viu-se um dia à pobreza reduzido,
    Por ser ambicioso
E embarcar tudo quanto possuía
Numa especulação muito arriscada,
Que polimilionário o tornaria,
Ao não deixar, como deixou, sem nada.

Obrigado a ausentar-se da cidade,
Para ver se arranjava alguma coisa
    Ele deixou a esposa
E foi tratar da vida.

    Na verdade,
    Constante era o Solano,
    Que um feroz desengano
Tivera um dia e que esperou, paciente,
    Com insólito afinco,
    Imperturbavelmente,
    Até os cinquenta e cinco
    Ocasião azada
Para apanhar a presa cobiçada.

Apanhou-a, afinal, e – quem diria? –
Foi o dinheiro que venceu!

    Vivia
Ainda a preta velha, a ama de Rosa,

Que, ao vê-la desta vez cair mais fundo,
    Ficou tão furiosa
Que parecia pôr abaixo o mundo.
Rosa, porém, fazendo uma careta,
    Lhe disse: – Ora, mãe-preta!
Foi uma coisa de bem pouca monta...
Ele é tão velho que não entra em conta!

ESCOLA DOS VELHOS

O Próspero Pimenta
Passava dos cinquenta,
Quando encontrou na vida
A mulher longamente apetecida
Entre sonhos, visagens e quimeras.
Ela contava apenas
Dezoito primaveras,
E era a mais deliciosa das morenas.

Ele encontrou-a, por acaso, um dia,
Em que um novo dilúvio parecia
Desabar sobre a terra, e atencioso,
Ofereceu-lhe o braço e o guarda-chuva,
Que é, quando chove, rufião precioso.
Levou-a para casa. A sua vida
Ela contou-lhe muito comovida.
Tinha sido casada, era viúva.

Já viúva? É verdade!
Andava o dia inteiro na cidade,
  Procurando um emprego...
  Um destino... um conchego...
O Próspero Pimenta era solteiro;
  Tinha muito dinheiro
E um palacete mobilado tinha;
  Por isso, a viuvinha
Ali ficou de casa e pucarinha.

  Ele amou-a deveras;
  Não era um homem gasto,
Um coração cansado que repasto
Outrora fosse de paixões violentas;
  Ele podia ainda
Perpetuar a raça dos Pimentas,
  Levar longe o seu nome;
Mas aquela menina ingênua e linda,
  Se a imperiosa fome
De um exigente amor satisfazia;
Estranha sensação lhe produzia;
Ele ficava contrafeito quando,
Os seus lábios de púrpura beijando,
O doce mel do amor neles sorvia;
E pensava: – Estou velho, e certamente
Só me tolera porque sou, não rico,
Mas solícito, bom, condescendente;
  Sinto que a sacrifico,
A consciência diz-me que a deturpo,
E o lugar de outro, menos velho, usurpo. –

Ora, um dia, o Pimenta
Foi avisado de que a sua amante,
De amor faminta e de prazer sedenta,
Tinha um amante que não era ele,
   E pilhou-a em flagrante.
Furioso – meu Deus! Que dia aquele! –
Ia fazer escândalo e alvoroço,
Quando caiu em si, vendo que o moço
   Com quem ela o enganava
   Nem trinta anos contava
   E era um rapaz bonito;
Não lhe faltava nem um requisito
   Para ser dela amado.
– Afinal, tens razão, disse o coitado,
Quem não a tem é o meu amor absurdo,
   Que me fez cego e surdo.
   Amai-vos, pois, meus filhos,
   Amai-vos à vontade!
   Eu não ponho empecilhos
   À vossa f'licidade! –

   E fez mais o Pimenta:
Dotou a viuvinha com quarenta
Contos de réis, e o belo moço amado
(Grande pulha!) com ela está casado.

   Nasceu-lhes um filhinho,
E o Pimenta foi logo convidado
   Para ser o padrinho.

O SÁ

I

Fora um boêmio outrora,
E, para atenuar o seu passado
    Vadio e dissoluto,
Costumava a dizer: – O meu tributo
    Paguei. – Era outro agora:
    Tranquilo e sossegado,
    Muito bem comportado,
    Tal qual Pero Botelho
Que se faz ermitão depois de velho,
Ou como certas cortesãs que, ao cabo
De uma vida de gozos e loucuras,
Julgando assim ficar menos impuras,
Votam a Deus o que não quis o diabo.

Ele, entretanto, ainda não era idoso;
Da montanha da vida não chegara

Ao cume pavoroso:
Cinquenta anos não tinha, e – coisa rara! –
Não obstante a existência que levara,
Estava já grisalho, mas não tinha
 Esses pés de galinha
A que no mundo pouca gente escapa,
E que o aspecto dão a nossa cara
 De castanha ou de mapa.
 É que a pele, que estica,
Livre de sulcos mais ou menos fica,
 E o Sá (era esse o nome
 Do herói dessa novela)
Se havia sido em moço um magricela
 E padecido fome,
 Teve, afinal, sossego
Quando, volvidos os quarenta anos,
 Num suculento emprego.
Fez boas digestões, dormiu bons sonos,
E entrou, como entra um pássaro, na muda.
Tanto corpo deitou, engordou tanto,
 Que era um deus-nos-acuda,
E até causava a toda a gente espanto.
 Os amigos de outrora
 Não no reconheciam,
Quando sereno por acaso o viam
Medindo os passos pela rua afora,
 Respirando virtude
 E vendendo saúde.

No entanto, que passado!
Que existência infeliz de aventureiro!

Ator, contínuo, sacristão, soldado,
Negociante, jogador, ficheiro,
Grande "planista" de primeira classe,
      Tudo o Sá tinha sido;
Não houve profissão que não tentasse,
Sem haver em nenhuma se mantido.
Afinal – tudo cansa! – encontrou rumo,
E assentou no lugar, que lhe foi dado,
      De fiscal do consumo,
      Graças a um deputado,
      Seu companheiro antigo,
Que por milagre inda era seu amigo.

Numa província aonde o levara a sorte,
Já não sei se do sul ou se do norte,
O Sá gostara de uma pequerrucha
      Que, apesar de gorducha,
Não deixava de ter seus atrativos.
Olhos travessos, petulantes, vivos,
      E magníficos dentes.
– Não são precisos mais ingredientes
Para alimento de uma paixãozinha,
E esses a nossa provinciana os tinha.

Ela perdera ambos os pais; morava
      Em casa da madrinha
Que com olhos de mãe a vigiava,
– Tanto que Sá tentou, como um demônio,
      Possuir a pequena

Sem a preliminar do matrimônio
Que, a dar-lhe ouvidos, não valia a pena;
Mas a madrinha, vigilante hiena,
Pondo a cidade inteira em alvoroço,
      Cortou-lhe o mau intento,
E, como estava apaixonado, o moço
Teve que sujeitar-se ao casamento.

      Mas na manhã seguinte,
      Por negregado acinte
O Sá (que a tudo um bárbaro se afoita)
Da cidade abalou sem dizer nada,
Abandonando a esposa de uma noite,
      Casada e não casada!
      Nunca se soube ao certo
      Se ele achou descoberto
Aquilo que supunha inexplorado,
      Ou se foi simplesmente
      Um injusto, um malvado,

Que numa forca não padeceria
Castigo suficiente.
      O caso é que daquele
Dia em diante – angustioso dia,
Cuja lembrança os nervos arrepela! –
Ela não teve mais notícias dele,
      Nem ele as teve dela.

II

Da janela do quarto em que morava
    Entre nuvens de fumo
Que num cachimbo sórdido aspirava,
    O fiscal do consumo
Namoriscava uma mulher magrinha,
Que nas lides caseiras avistava
    No interior da cozinha
De um sobrado do qual só via os fundos.
    Não sei por quê, a vizinha,
Entre panelas, caldeirões imundos,
    Tachos e caçarolas,
    Impressionou-o a ponto
    De o fazer dar às solas,
    Tonto, ainda mais tonto
Que quando requestava a moça imbele
    Que se casou com ele.

    A vizinha sorria
Aos gatimanhos que lhe o Sá fazia,
E não tardou que uma correspondência
    Epistolar houvesse...
Desimpedida a mísera não era:
"Deus a livrasse que o doutor soubesse...
    Tinha ciúme de fera!
    Entretanto, a explorava,
    Tornando-a, coitadinha,
    Numa espécie de escrava
    Metida na cozinha."

O Sá pensou, com certo fundamento,
    Que, na impossibilidade
De recorrer a novo casamento
Pois não sabia, na realidade,
    Qual era o seu estado,
    Se viúvo ou casado,
Precisava arranjar, da sua idade,
    Uma mulher solteira
Que quisesse ser sua companheira;
Escreveu à vizinha cozinheira
    E na carta lhe disse
    Que de casa saísse
    E fosse procurá-lo,
Pois lhe daria muito mais regalo.
    Ela, que estava farta
Do tal doutor, mal recebeu a carta,
    Por aqui é o caminho:
    Logo trocou de ninho!

O Sá ficou pasmado e boquiaberto,
    Vendo agora, de perto,
    Que era a boa vizinha
Sua mulher que emagrecido tinha,
– E ao mesmo tempo ela reconhecia
    Naquele novo amante
O esposo magro que engordado havia!
    Que cena interessante!
Ela contou a sua história triste,
E ele, o cínico, achou-lhe certo chiste!

Repelida dos seus, da sua terra,
    Onde esteve na berra,
    De mão em mão andara,
    Até que a sorte avara
Deu com ela no Rio de Janeiro.
E aqui, depois de ser do mundo inteiro,
Caiu nas mãos do tal doutor mesquinho,
    E agora, loucamente,
Às seduções cedendo de um vizinho,
Vinha neste encontrar – fado inclemente! –
    O marido que outrora
De maneira tão vil se fora embora!

III

Indivíduos na terra os há capazes
Das mais feias e estranhas aventuras;
    As duas criaturas
    Celebraram as pazes,
E o Sá, que no impudor não tem segundo,
    Deu este exemplo ao mundo
    De um cidadão casado,
Co'a legítima esposa amasiado.

A PROVA

Ao leitor

O pudor não afronto;
    Por isso em tom solene,
Previno-te, leitor, que este meu conto
É do gênero dos de Lafontaine;
Portanto, amigo, se corar receias,
    Passa adiante, não leias:
Mas se, apesar do que te expus sem pejo,
Os olhos deste escrito não desvias,
    Sabe que eu só desejo,
Não que tu cores, mas que tu sorrias.

Embora perto dos quarenta, ainda
Era Antonieta esvelta, fresca e linda,
Formosura esquecida sobre a terra.
Tinha dois olhos rútilos, capazes

De pôr o mundo inteiro em pé de guerra,
E num momento promover as pazes
Co'um rápido volver, lânguido e quente.

Ela esposara prematuramente,
Menina ainda, o Andrade, um bom sujeito,
Que, sendo rico, moço e inteligente,
Tinha um defeito só... mas que defeito!...
      Ele estava inibido
      De ser um bom marido
Se não lá uma vez por outra, quando
      Natureza inclemente
Condescendia um pouco... O miserando
Era, pois, um marido intermitente.

      Dessa desgraça, induzo,
Provinha o viço, a juvenilidade
Que conservava Antonieta Andrade!
      Era mulher sem uso,
Ou, pelo menos, muito pouco usada.

      Tinha enorme desgosto
Em que a sorte mesquinha a houvesse posto
A essa meia ração de amor, coitada;
Era, porém, senhora muito honrada,
      E capaz não seria
      De procurar um dia
A outra meia ração fora de casa.

      De ter uma criança,
Sonho de toda a gente que se casa,

Ela perdera a débil esperança,
    E, por isso, adotara
Uma órfã. Educou-a como filha.
    Não lhe deu, como esmola,
    A proteção que humilha,
    Mas o amor que consola,
    E Deus só nos depara
No coração de nossas mães.

        A moça
    Nada tinha de insossa:
    Era bela e prendada,
    Tocava bem piano,
Arranhava francês e italiano.
    Não lhe faltava nada,
Nem mesmo de luzidos pretendentes,
    Pressurosos e ardentes,
    Variado magote,
Naturalmente farejando um dote.

Surgiu, dentre eles, um rapaz sisudo
Que agradou muito, quer à rapariga,
Quer à mãe adotiva. – Esta, contudo,
Sendo, como era, desvelada amiga
Da moça, receou que ele tivesse
Defeito igual ao do incompleto Andrade,
E da ração de amor à esposa desse
    Apenas a metade.

Entretanto, o namoro caminhava
A passos largos para o casamento.

Tratos inúteis ao bestunto dava,
      De momento em momento,
Antonieta, procurando meios
De afastar para sempre os seus receios.

      Um dia a rapariga,
      Depois dos mil rodeios
Que em casos tais são coisa muita antiga,
      A avisou de que o moço
No próximo domingo a pediria.

Antonieta ficou logo fria,
      E, cheia de alvoroço,
Saiu de carro logo após o almoço.

      Era uma quinta-feira.
Tinha chovido muito, a noite inteira.
Continuava a chover. Neblina densa
Cobria os morros da cidade imensa.
      Pelas ruas desertas,
      De água e lama cobertas,
Andava o carro rápido, ligeiro,
      Afrontando o aguaceiro.

      Da moça o pretendente
Morava só –, e quando, de repente,
      Viu na sua saleta
      Entrar Antonieta,
      Ficou tão surpreendido
Que até...

(Permitirás, leitor querido,
Que uma linha de pontos
Supra alguns versos que, depois de prontos,
Resolvi suprimir. As reticências
Fizeram-se para estas emergências).
....
Antonieta, que ali fora tremendo,
Voltou calma e tranquila,
A si mesma dizendo:
– Agora sim, pode ele vir pedi-la!
Meu coração já nada mais receia;
De toda a inquietação se acha liberto!
Ela não há de ter, já sei, ao certo,
Meia ração, porém ração e meia!

FIM

IMPRESSÃO E ACABAMENTO:
YANGRAF Fone/Fax: 2095-7722
e-mail:santana@yangraf.com.br